In der Reihe *Kastanienallee 8* sind
bei Ueberreuter erhältlich:
Band 1: Annas Geheimnis
Band 2: Sophie und Herr November
Band 3: Zohras Reise

1. Auflage 2017
© Ueberreuter Verlag GmbH, Berlin 2017
ISBN 978-3-7641-5109-6

Umschlag- und Innenillustrationen: Lars Baus
Lektorat: Emily Huggins
Druck und Bindung: Finidr, s. r. o., Český Těšín
Gedruckt auf Papier aus nachhaltiger Forstwirtschaft.
www.ueberreuter.de

Andrea Jacobi

Kastanienallee 8
Zohras Reise

Mit Illustrationen von Lars Baus

ueberreuter

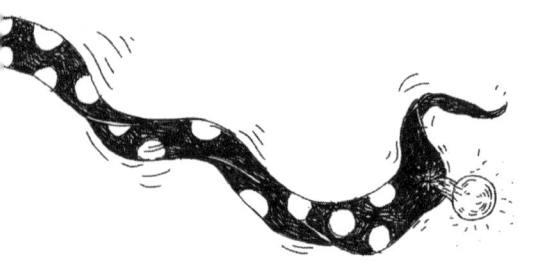

Inhalt

Sophie Otto und ihre Mutter wohnen im 3. Stock der Kastanienallee 8. Frau Otto muss viel arbeiten, deshalb ist Sophie oft bei Familie Goldberg.

Anna Goldberg wohnt mit ihren Eltern und den Zwillingen Max und Moritz direkt neben Sophie.

Familie Rahman kommt aus Afghanistan und wohnt im 2. Stock. **Zohra** ist die jüngste von drei Schwestern.

Emma ist die Tochter vom Bäcker Cornelius, der seine Bäckerei unten im Haus hat. Emmas Familie wohnt im 2. Stock, neben Zohra. Sie hat einen älteren Bruder namens Oskar.

Papaya Pitunella Pirelli wird von allen Papay genannt. Sie lebt seit vielen Hundert und tausend Jahren hoch oben über der Welt in der Villa Papilla. An manchen Tagen gerät ihr Haus in eine ungeheuerliche Unordnung. Und zwar immer dann, wenn ein Kind eine große Frage hat …

Trudel ist das schönste aller schönen Schweine. Am liebsten liegt sie in Papays Bett und lackiert sich die Hufe.

Die Kakapo-Dame **Eulalia** und ihr Mann **Erich** leben im Baum vor dem Haus von Papay. Eulalia verabscheut Unordnung.

Der kluge Kater Konrad ist aufs Rechnen spezialisiert. Am liebsten rechnet er aus, wer wie viele Stücke Schokoladenkuchen bekommt. Geht die Rechnung mal nicht auf, kümmert er sich um die übrig gebliebenen Stücke und frisst sie ratzfatz auf.

Alles steht auf dem Kopf

»Hilfe«, schrie Eulalia. »Hilfe!«

»Was ist passiert?«, rief Papay, während sie einen Schokoladenkuchen in den Backofen schob. Dann schaute sie aus dem Fenster und sah es: Alles stand auf dem Kopf! Der Tisch, die Stühle, die Gießkanne, das Hühnerhaus und Eulalias Nest. Sogar Papays Bett lag kopfüber auf der Wiese.

»Hilfe!«, schrie Eulalia noch einmal.

»Ich sehe es, meine Liebe«, rief Papay in den Garten.

»Sehen, sehen«, meckerte Eulalia, »du musst was tun!«

»Das werde ich«, versprach Papay und eilte zu der Bank vor dem Haus.

Papay hieß eigentlich Papaya Pitunella Pirelli. Sie lebte gemeinsam mit der Kakapo-Dame Eulalia, deren Mann Erich, dem schönen Schwein Trudel und dem klugen Kater Konrad hoch oben über den Bergen in der Villa Papilla. Von der Bank vor ihrem Haus konnte Papay in die Welt hören. Sie hörte die Fragen von allen Kindern. Wenn ein Kind keine Antwort auf seine Frage fand, geriet das Haus von Papay in eine ungeheuerliche Unordnung. Von jetzt auf gleich war nichts mehr dort, wo es eigentlich hingehörte.

Die Kakapo-Dame Eulalia war empört über das Durcheinander. Sie war fest davon überzeugt, dass die Kinder es verursachten. Papay versuchte ihr seit Urzeiten zu erklären, dass es nicht die Kinder waren, die die Unordnung machten, sondern ihre unbeantworteten Fragen. Denn sobald die Frage beantwortet war, wurde es in der Villa Papilla ratzfatz wieder picobellosupergenialtippitoppi ordentlich.

Aber heute war alles anders. Heute stand alles auf dem Kopf! So etwas hatte Papay auch noch nicht erlebt.

Sie setzte sich auf die Bank vor ihrem Haus und horchte. Da war keine Frage. Keine einzige Frage! Von keinem Kind! Sie hörte nichts!

»Das verstehe ich nicht«, sagte Papay.

»Was verstehst du nicht?«, fragte das schöne Schwein Trudel. Eigentlich lag Trudel am liebsten in Papays Bett. Da das Bett aber auf dem Kopf stand, streckte sie ih-

8

ren dicken Bauch und ihre lackierten Hufe mitten auf der Wiese in die Sonne.

»Ich verstehe nicht, dass ich keine Frage höre«, sagte Papay.

»Vielleicht liegt es daran, dass du mir heute noch nicht gesagt hast, wie schön ich bin«, sagte Trudel und klimperte dabei mit ihren langen Wimpern.

»Ach, meine Schöne!«, lachte Papay.

»Unter diesen Umständen kann ich dir einen Rat geben«, grunzte Trudel.

»Und der wäre?«, fragte Papay.

»Horch mal in die Kastanienallee«, schlug Trudel vor.

»Ha, das ist es!«, sagte Papay. »Sei mal ganz leise.«

Die Kastanienallee 8 war das Haus, in dem Anna, Sophie, Zohra und Emma lebten. Sie waren beste Freundinnen und sie waren schon einige Male in der Villa Papilla gewesen. Darüber war besonders Trudel sehr beglückt. Immerhin hatten die Mädchen ihr ständig gesagt, wie schön sie war. Und das war das Wichtigste für Trudel.

Papay horchte also ganz genau hin. Und als sie noch

genauer hinhörte, hörte sie es. Die Frage war ganz zart und fein und nachdenklich und kam tatsächlich aus der Kastanienallee 8. Und zwar von Zohra.

»Ich habe es!«, rief Papay.

»Und?«, fragte Trudel.

»Die Frage kommt von Zohra«, sagte Papay.

»Sage ich doch«, sagte die schöne Trudel.

In der Sekunde sprang Papay auf, rannte in die Küche und rief: »Der Kuchen!«

Der Kuchen war schon fast verbrannt. Da auch der Kuchenwecker auf dem Kopf stand, hatte er nicht geklingelt. Auf dem Ofen lag der kluge Kater Konrad und wärmte sich den Bauch.

»Du hättest mir auch Bescheid sagen können, dass der Kuchen fertig ist«, sagte Papay.

»Hätte, hätte, Schokokette«, antwortete der kluge Kater Konrad grinsend. »Wie soll ich dir Bescheid sagen, wenn ich schlafe?«

»Das stimmt, du kluger Kerl«, sagte Papay und holte den Kuchen aus dem Ofen.

»Gibt es jetzt Schokoladenkuchen?«, fragte der kluge Kater Konrad.

»Nein, ich muss erst was erledigen«, sagte Papay.

»Dann dauert es ja noch ewig, bis es Schokoladenkuchen gibt«, maunzte der kluge Kater Konrad.

»Ich komme bald wieder«, versprach Papay. Dann schlüpfte sie in ihre goldenen Pantoffeln und rief: »Eulalia, willst du mit?«

»Immer Eulalia«, beschwerte sich Trudel.

»Ach meine Schöne«, sagte Papay, »du weißt doch, dass du zu schwer bist für die Pantoffeln.«

»Zu schön‹ wolltest du wohl sagen«, korrigierte Trudel.

Papay lachte und sagte: »Also, Eulalia, willst du mit?«

»Pfff, Kinder!«, quäkte Eulalia. Aber in Wahrheit fühlte sie sich sehr geehrt. Eulalia war immer glücklich, wenn sich alles um sie drehte.

»Na, dann los«, sagte Papay, setzte Eulalia auf ihre Schulter, malte ihr Zauberzeichen in die Luft und machte sich auf den Weg in die Kastanienallee.

Das Lieblingsstück

Zohra wollte die Wohnungstür gerade zuziehen, als ihr einfiel, dass sie etwas vergessen hatte. In letzter Sekunde stieß sie die Tür noch einmal auf und lief in ihr Zimmer.

»Was ist passiert?«, rief Zohras Mutter, Frau Rahman, aus der Küche.

»Ich habe was vergessen!«, sagte Zohra, schnappte sich ihr Tuch, klemmte es sich unter den Arm und rannte zurück.

Aber da stand Frau Rahman schon im Flur. »Du willst das Tuch doch nicht mit in die Schule nehmen?«

»Doch«, sagte Zohra und stopfte es in den Schulranzen.

»Zohra! Wenn es verloren geht! Es ist ein einzigartiges Stück«, rief Frau Rahman.

»Deshalb nehme ich es ja mit«, sagte Zohra und wollte schnell weiter.

Aber Frau Rahman stellte sich Zohra in den Weg. »Das kann ich nicht zulassen.«

»Bitte, Mama! Wir sollen heute unser Lieblingsstück mit in die Schule bringen und dazu eine Geschichte erzählen«, erklärte Zohra.

»Ach so, ich verstehe«, sagte Frau Rahman. »Aber pass gut darauf auf und verlier es nicht.«

»Klar!«, rief Zohra und sprang die Treppen runter.

Zohra hatte das Tuch zur Geburt von ihrer Großmutter geschenkt bekommen. Die Familie Rahman kam aus Afghanistan. Zohras Schwestern Nesrin und Ellaha waren in Afghanistan geboren. Zohra war in Deutschland geboren. Sie kannte Afghanistan und ihre Großmutter nur aus Erzählungen von ihrem Vater. Zohras Vater Abdul Rahman erzählte gerne von Kabul, wo die Familie gelebt hatte, von Jalalabad, wo Zohras Eltern geboren waren, und von seiner Mutter Nana. Die ganze Familie hörte dem Vater gespannt zu. Zohras Schwestern, die 14 und 12 Jahre alt waren, konnten sich an manches erinnern. Besonders an die Großmutter erinnerten sie sich gut. Nur Zohra kannte alles nur aus den Geschichten ihres Vaters.

Anna, Sophie und Emma saßen auf den Stufen vor der Haustür und warteten auf Zohra. Normalerweise war Sophie am Morgen immer die Erste, dann kamen Anna und Zohra und zum Schluss Emma.

»Da bist du ja endlich«, sagte Anna.

»Beeilt euch, wir müssen los«, sagte Sophie.

»Wir dürfen nicht schon wieder zu spät kommen«, mahnte Emma.

Die vier Freundinnen gingen in die zweite Klasse der Klosterschule. Da sie sich morgens auf dem Schulweg immer so viel zu erzählen hatten, kamen sie manchmal zu spät. Ihr Lehrer Herr Zahn war darüber nicht sehr amüsiert.

»Ich hatte mein Lieblingsstück vergessen«, sagte Zohra. »Was habt ihr mit?«

»Mein Lieblingsbuch«, antwortete Anna.

»Eine Zimtschnecke, weil ich so gerne Zimtschnecken esse. Am liebsten die von meinem Vater«, sagte Emma. Emmas Vater gehörte die Bäckerei Cornelius in der Kastanienallee 8.

»Und ich habe ein Foto von Herrn November mit«, sagte Sophie.

Kaum hörte er seinen Namen, sprang Herr November an Sophie hoch. Herr November war Sophies Hund.

Jeden Morgen brachte er die Mädchen zur Schule und holte sie am Mittag wieder ab.

»Und du?«, fragte Sophie Zohra.

»Ich habe das Tuch mit, das meine Großmutter mir zur Geburt geschenkt hat«, sagte Zohra.

»Das ist soooo schön«, sagte Emma.

Vor der Schule verabschiedeten sich die Mädchen von Herrn November und rasten die Treppe hoch. In der Sekunde, als Herr Zahn die Klassentür zumachen wollte, flitzten sie schnell durch den Türschlitz.

»Da habt ihr ja noch mal Glück gehabt«, lachte Herr Zahn. Dann begrüßte er die ganze Klasse. »Heute üben wir Geschichten erzählen. Habt ihr alle ein Lieblingsstück mitgebracht?«

David hatte es vergessen. Und Leo und Ben auch.

»Typisch Jungs«, flüsterte Anna Sophie ins Ohr. Sophie musste lachen.

»Was gibt es denn da zu lachen?«, fragte Herr Zahn.

»Nichts«, kicherte Sophie.

»Anscheinend schon«, sagte Herr Zahn. »Dann fang doch gleich mal an. Komm nach vorne und erzähl uns die Geschichte von deinem Lieblingsstück.«

Sophie stand auf und ging nach vorne. Sie hielt das Foto von Herrn November hoch. Aber eigentlich war das nicht nötig, weil sowieso jeder aus der Klasse Herrn November kannte.

»Mein Lieblingsstück ist kein Stück, sondern ein Hund«, sagte Sophie.

Alle lachten.

»Es ist Herr November.«

Sophie erzählte, wie ihr Herr November zugelaufen war und wie es
gekommen war, dass sie ihn behal-
ten durfte, obwohl ihre Mutter eigentlich keinen Hund haben wollte.

»Sehr schön erzählt«, sagte Herr
Zahn. »Wer will als Nächstes?«

Viele Mädchen meldeten sich.

Herr Zahn sagte: »Zohra, komm
bitte nach vorne.«

Vor der Klasse breitete Zohra ihr
Tuch aus und erzählte ihre Geschichte:

»Mein Lieblingsstück ist ein Tuch, das
meine Großmutter mir zur Geburt geschenkt hat. In
Afghanistan tragen neugeborene Babys vierzig Tage
ein besticktes Band um den Kopf. In unserer Familie ist es Tradition, dass meine Großmutter für ihre
Töchter und Enkeltöchter ein Tuch bestickt. Auf diesem Tuch stehen alle ihre Wünsche für mein Leben. Es
bringt Glück.«

Während Zohra davon erzählte, legte sie sich das Tuch um die Schultern. Es war groß, rosafarben und wunderschön. Um den Rand waren mit einem leuchtend roten Faden arabische Zeichen gestickt. Das waren die Wünsche.

Zohra übersetzte sie:»Du sollst keine Angst haben, wenn deine Eltern streiten. Du sollst keine Angst haben, wenn jemand an der Tür anklopft. Es ist nur ein Gast. Du sollst keine Angst haben, wenn es donnert. Du sollst Freude haben. Du sollst glücklich sein.«

Als Zohra fertig war, klatschten alle.

»Das ist ein wunderbares Tuch und das war eine interessante Geschichte«, sagte Herr Zahn. »Du kannst sehr schön erzählen.«

Danach kamen alle anderen Kinder dran. Manche erzählten von ihren Kuscheltieren. Kaspar hatte sein Fußballtrikot mitgebracht und Alex, der Angeber, sein neues Handy. Manche konnten supergut erzählen, manche gar nicht.

Am Schluss sagte Herr Zahn: »Das üben wir jetzt einmal im Monat.«

Nach der großen Pause hatte die 2a turnen. Anna und Sophie turnten gerne, Zohra und Emma nicht.

»Ich habe keine Lust«, sagte Zohra auf dem Weg zur Turnhalle.

»Hoffentlich üben wir heute nicht schon wieder Bockspringen«, sagte Emma.

»Oh doch«, rief Anna.

Plötzlich standen Charlotte und Rosa-Lotta neben ihnen.

»Wo kann man solche Tücher kaufen?«, fragte Charlotte.

»Das kann man nicht kaufen«, sagte Zohra.

»Man kann alles kaufen«, sagte Rosa-Lotta.

»Das ist supercool«, sagte Chiara, die auch dazugekommen war.

»Meine Großmutter hat es gestickt«, sagte Zohra.

»Vielleicht kann sie uns auch solche Tücher sticken«, sagte Rosa-Lotta.

»Wohl kaum«, sagte Anna.

»Wieso?«, fragte Charlotte.

»Ihr habt doch gehört, dass es ein Geburtsgeschenk war«, sagte Anna.

Endlich waren sie an der Turnhalle angekommen. Anna, Sophie, Zohra und Emma zogen sich schnell um. Zum Glück spielten sie heute Volleyball. Das machte auch Zohra und Emma Spaß. Nach dem Turnen hatten sie nur noch eine Stunde Rechnen, dann war Schulschluss. Wie jeden Tag stand Herr November pünktlich vor der Schule und machte einen Freudentanz, als er die Mädchen sah.

3

Das Tuch ist weg

»Hallo!«, rief Zohra, als sie nach Hause kam.

»Hallo!«, rief Frau Rahman aus der Küche. »In einer halben Stunde gibt es Mittagessen.«

Zohra ging in ihr Zimmer und ließ sich auf ihr Bett fallen. Das machte sie oft. Sie lag auf dem Bett und träumte. Am liebsten von Afghanistan. Sie träumte von der Großmutter und der Familie, die sie nur aus Geschichten kannte. Manchmal machte sie die Augen zu, damit sie alles noch besser sehen, riechen, schmecken und erleben konnte. In Gedanken fuhr Zohra mit einer Rikscha durch die Stadt und klopfte gerade an der Tür der Großmutter, als das Telefon klingelte.

Zohra sprang von ihrem Bett auf und nahm den Hörer ab.

Am anderen Ende der Leitung war ein Mann. Er rief sehr schnell und sehr hektisch auf Paschtu, der Sprache der Afghanen: »Abdul! Abdul! Ist da Abdul?«

Zohra, die selbstverständlich auch Paschtu sprach, antwortete: »Hier ist Zohra. Mein Vater arbeitet, ich hole meine Mutter.«

Aber das war nicht nötig, denn Frau Rahman stand schon neben Zohra.

Zohra legte sich wieder auf ihr Bett. Im Flur hörte sie ihre Mutter telefonieren.

»Asim«, rief Frau Rahman immer wieder laut. Den Rest verstand Zohra nicht. Ihre Mutter klang sehr aufgeregt. Zohra versuchte weiter vom Besuch bei ihrer Großmutter in Jalalabad zu träumen. Aber es ging nicht. Der Traum war verloren gegangen.

Vielleicht hilft das Tuch, dachte Zohra, sprang von ihrem Bett auf und packte ihren Schulranzen aus. Da sah sie es: Das Tuch war nicht mehr da!

Das konnte nicht sein. Zohra durchsuchte alles: ihre Jacke, den Turnbeutel und wieder und wieder den Schulranzen. Das Tuch war weg. Zohra überlegte. Nachdem sie ihre Geschichte erzählt hatte, hatte sie das Tuch in der Pause noch Charlotte, Rosa-Lotta und Chiara gezeigt. Danach hatte sie es in den Schulranzen gesteckt. Oder in den Turnbeutel? Nein, in den Schulranzen.

Das war vor dem Turnen. Aber wo war es jetzt? Hatte sie es verloren?

In diesem Moment rief ihre Mutter sie zum Mittagessen.

Während Frau Rahman ihren Töchtern Reis und Fleisch auf den Teller füllte, erzählten Nesrin und Ellaha, was sie erlebt hatten. Sie gingen beide aufs Gymnasium. Zohra war ganz still. Sie hatte entschieden, ihrer Mutter erst einmal nichts zu sagen. Sie wollte das Tuch wiederfinden und bis dahin alles geheim halten.

»Und wie war deine Geschichte?«, fragte Frau Rahman.

Zohra war so tief in Gedanken, dass sie zusammenzuckte.

»Gut«, sagte Zohra.

»Das freut mich«, sagte Frau Rahman. Zum Glück fragte sie nicht nach dem Tuch.

»Ach, fast hätte ich es vergessen: Am nächsten Wochenende sind wir zu einer Hochzeit eingeladen.«

Zohras Kopf ratterte: *Auch das noch!* Bei allen afghanischen Festen trugen die drei Schwestern immer die Tücher, die sie von ihrer Großmutter zur Geburt ge-

schenkt bekommen hatte. Sie musste das Tuch ganz
schnell wiederfinden, sonst würde es herauskommen!

Wie fast jeden Nachmittag trafen sich die Mädchen um
drei Uhr vor der Haustür der Kastanienallee 8. Auf
dem Weg in den Park erzählte Zohra ihren Freundinnen, was passiert war.

»Das kann doch nicht sein«, sagte Sophie.

»Hast du alles durchsucht?«, fragte Emma.

»Hast du es auf dem Heimweg verloren?«, überlegte
Anna.

»Was machen wir jetzt?«, fragte Sophie.

»Wollen wir in der Fundgrube nachsehen?«, schlug
Emma vor.

»Gute Idee! Wenn du es in der Schule verloren hast,
ist es bestimmt da«, stimmte Sophie zu.

Und genauso machten sie es. Die vier Mädchen gingen schnurstracks in die Schule. Sie hatten Glück: Der
Hausmeister fegte gerade den Schulhof.

»Nö, heute ist nichts in der Fundgrube abgegeben
worden«, sagte Hausmeister Wirsch.

Aber dann ging er doch mit ihnen in die Schule, schloss die Tür der Fundgrube auf und durchsuchte alle Kisten. Zohras Tuch war nicht da.

»Sag ich doch, heute ist nichts abgegeben worden«, wiederholte Hausmeister Wirsch.

»Vielleicht wurde es geklaut!«, sagte Anna, als sie wieder vor der Schule standen.

»Aber wer soll es geklaut haben?«, fragte Zohra nachdenklich.

»Vielleicht Rosa-Lotta«, sagte Anna. »Sie fand es ja soooo schön!«

»Wir müssen rausfinden, wer es hat«, sagte Sophie.

»Oder wo es ist«, sagte Zohra.

»Lasst uns am Montag alle in der Klasse fragen, ob jemand das Tuch gesehen hat«, schlug Emma vor.

Zohra nickte. Heute war Freitag. Sie musste noch zwei Tage abwarten. Aber das war die beste Idee.

Kaum war Zohra zu Hause angekommen, rief Herr Rahman die ganze Familie in der Küche zusammen.

»Erinnert ihr euch an unsere alten Nachbarn aus Kabul?«, fragte er.

»Familie Afghan?«, fragte Nesrin.

»Nein«, sagte Herr Rahman, »Familie Jalal. Mein alter Freund, Kollege und Nachbar.«

»Der Schriftsteller Asim Jalal«, sagte Frau Rahman.

»Ja«, sagte Nesrin, »ich erinnere mich. Die mit den zwei Jungs.«

»Genau! Aber inzwischen sind es vier Jungs«, lachte Herr Rahman.

»Ich erinnere mich auch«, sagte Ellaha.

»Asim hat heute Mittag angerufen. Sie mussten aus Afghanistan fliehen und kommen morgen am Bahnhof an«, sagte Herr Rahman.

»Mit den beiden jüngsten Söhnen«, ergänzte Frau Rahman.

»Die älteren sind in Kabul geblieben«, sagte Herr Rahman.

»Holen wir sie vom Bahnhof ab?«, fragte Nesrin.

»Ja«, sagte Herr Rahman. »Sie werden bei uns wohnen.«

»So lange, bis sie eine eigene Wohnung gefunden haben«, sagte Frau Rahman.

Es war wie so oft. Die Familie sprach über alte Nachbarn und Freunde, und Zohra konnte nicht mitreden. Zohra fragte leise: »Und wo sollen sie wohnen?«

»Wir ziehen ins Wohnzimmer und Zohra zieht in euer Zimmer«, sagte Herr Rahman und schaute dabei Nesrin und Ellaha an.

»Die Familie Jalal bekommt zwei Schlafzimmer«, sagte Frau Rahman und lächelte glücklich.

Und Herr Rahman ergänzte: »Unsere Wohnung ist groß genug.«

27

»Neun Personen in einer Wohnung?«, fragte Zohra.

»Wir sind Paschtunen«, sagte Herr Rahman.

»Und Paschtunen sind gastfreundlich«, ergänzte Frau Rahman.

»Das ist das oberste Gesetz«, fügte Herr Rahman hinzu.

»Ja«, sagte Zohra nachdenklich.

Dann ging alles ganz schnell. Noch am gleichen Abend wurden die Zimmer umgeräumt. Zohras Kleider wanderten in den Schrank von Nesrin und Ellaha, und für ihre Spielsachen und Schulsachen wurde ihre Kommode von einem Zimmer in das andere gestellt. Zohra sollte von nun an mit Nesrin in einem Bett schlafen, denn Nesrin hatte das breiteste Bett.

Zohra war traurig, dass sie ihr Zimmer hergeben musste. Sie war so glücklich, dass sie ein eigenes Zimmer hatte, in dem sie alleine sein und träumen konnte. Auf der anderen Seite waren die Eltern jetzt so beschäftigt, dass sie nicht nach dem Tuch fragten. Und das war sehr gut!

Herzlich willkommen

Nachdem Zohra ihre Sachen in das Zimmer ihrer Schwestern getragen hatte, ging sie zu Emma.

»Das ist doch super«, sagte Emma, als Zohra ihr von der Familie Jalal erzählte.

»Aber sie wohnen bei uns«, antwortete Zohra. »Und zwar lange.«

»Finde ich cool«, sagte Emma.

»Sie sind zu viert«, sagte Zohra.

»Kommen auch Kinder?«, fragte Emma.

»Ja, zwei Jungs«, sagte Zohra.

»Cool«, kicherte Emma.

»Aber sie sprechen kein Wort Deutsch«, sagte Zohra.

»Das können wir ihnen doch beibringen«, schlug Emma vor.

Zohra hätte sich gerne auch so gefreut wie Emma, aber sie war nachdenklich und traurig.

Am nächsten Morgen fuhr Familie Rahman zum Bahnhof. Emma kam auch mit. Nachdem sie eine Zeit lang am Bahnsteig auf und ab gegangen waren, rief Frau Rahman plötzlich: »Da sind sie!«

Herr Rahman und sein Freund Herr Jalal umarmten sich herzlich. Frau Rahman und Frau Jalal weinten. Aber sie freuten sich auch, sich wiederzusehen.

Herr Jalal stellte seine Familie vor: »Das ist mein Sohn.« Sami gab allen die Hand. Dann fuhr Herr Jalal fort: »Und das ist Arie. Sie sind Zwillinge, wie man sieht, und 9 Jahre alt.«

Zohra übersetzte alles für Emma. Emma grinste und flüsterte Zohra ins Ohr: »Da wird sich Anna freuen.«

»Wieso?«, fragte Zohra.

»Verstärkung für Max und Moritz«, sagte Emma. Max und Moritz waren die siebenjährigen Zwillingsbrüder von Anna.

Zohra grinste.

Familie Jalal hatte nur zwei kleine Taschen dabei.

»Habt ihr kein weiteres Gepäck?«, fragte Herr Rahman.

»Wir haben unterwegs alles verloren«, sagte Herr Jalal.

Dann machte sich Familie Rahman mit ihren Gästen auf den Weg in die Kastanienallee.

In der Kastanienallee war in den vergangenen zwei Stunden viel passiert. Anna und Sophie hatten bei Emma geklingelt und erfahren, dass Emma und Zohra mit der Familie Rahman am Bahnhof waren.

»Ich habe eine Idee. Wollen wir eine Begrüßung für die Gäste vorbereiten? Damit sie wissen, dass wir uns auf sie freuen?«, fragte Emmas Mutter, Frau Cornelius.

»Oh ja«, riefen die Mädchen.

»Ich besorge einen Kuchen aus der Bäckerei, koche Kaffee und lade alle aus dem Haus zur Begrüßung ein«, sagte Frau Cornelius.

»Und wir malen ein Plakat«, sagte Anna.

»Vielleicht hilft uns Herr März«, überlegte Sophie.

»Aber beeilt euch. Sie sind bestimmt schon bald zurück«, sagte Frau Cornelius.

»Das schaffen wir«, rief Anna und sprang gemeinsam mit Sophie und Herrn November die Treppe runter.

Anna und Sophie klopften bei Herrn März. Herr März war Künstler und hatte sein Atelier ganz unten im Haus, direkt neben der Bäckerei Cornelius. Er fand die Idee toll. Gemeinsam malten sie ein großes Plakat, das sie wenig später über dem Hauseingang aufhängten.

Frau Cornelius hatte in der Zwischenzeit alle Bewohner aus dem Haus zusammengetrommelt. Sie stellten sich vor die Tür, um die Freunde der Familie Rahman zu begrüßen. Nur Emmas Großmutter, die alte Frau Cornelius aus dem 1. Stock, war nicht dabei.

»Ich sehe es nicht so gerne, dass Flüchtlinge bei uns wohnen«, hatte sie zu ihrer Schwiegertochter gesagt.

Zohra verrät ihr Geheimnis

Als Anna die Zwillinge Sami und Arie sah, fiel ihr die Kinnlade herunter. Die beiden glichen sich wie ein Ei dem anderen. Der einzige Satz, der ihr entwischte, war: »Oje, noch mal das Gleiche.«

»Aber die sind schon neun«, sagte Emma.

Am lustigsten war es, als sich Max und Moritz und Sami und Arie gegenüberstanden. Sie konnten zwar kein Wort miteinander sprechen, mussten aber alle vier lachen.

»Bleibt bitte so stehen«, rief Annas Vater Herr Goldberg, holte sein Handy aus der Tasche und machte ein Foto.

Die Ankunft der Familie Jalal hatte sich wie ein Lauffeuer verbreitet. Viele Menschen drängten sich vor dem Haus Kastanienallee 8 und begrüßten Familie Jalal. Ali, der auf der anderen Straßenseite einen türkischen Basar hatte, kam mit einer Kanne heißem türkischen Tee. Metzger Pipei von nebenan brachte ein Tablett köstlich belegter Brote und Frau Latuske, die etwas weiter un-

ten in der Kastanien-
allee wohnte, eilte
mit ihrer Freundin
herbei. Sie steckte
Herrn Rahman einen
Umschlag zu und sagte:
»Für ihre Freunde.«

Herr und Frau Jalal waren völlig überwältigt von diesem großen Empfang.

»Bitte sag deinen Freunden, dass wir uns herzlich be-
danken«, sagte Herr Jalal zu Herrn Rahman.

Herr Rahman übersetzte die Worte von Herrn Jalal.

»Ihre Freunde sind herzlich willkommen in der Kastanienallee. Wir sind alle für sie da, wenn sie Hilfe brau-
chen«, sagte Sophies Mutter, Frau Otto, drehte sich zu
den anderen Hausbewohnern um und fügte hinzu:
»Das stimmt doch, oder?«

Alle klatschten und stimmten zu.

Den Nachmittag und Abend verbrachten die Familien
Rahman und Jalal zu Hause. Zohra zeigte Sami und
Arie ihr Zimmer und nutzte die Gelegenheit, um noch

einmal nach ihrem Tuch zu suchen. Vielleicht hatte sie es gestern einfach übersehen. Sie öffnete den Schrank, zog eine Schublade auf, schob sie wieder zu und öffnete die nächste. Dann krabbelte sie unter das Bett und suchte dort. Sami und Arie saßen derweil auf der Matratze, auf der Sami schlafen sollte, und schauten Zohra zu.

»Was suchst du?«, fragte Sami.

»Nichts«, sagte Zohra.

»Afghanen lügen nicht«, sagte Arie laut.

Zohra krabbelte unter dem Bett hervor, stellte sich vor die Jungs und sagte: »Ich bin Deutsche.«

»In eine afghanische Familie geboren«, sagte Sami grinsend.

»Und Deutsche lügen?«, fragte Arie so laut, dass man es in der ganzen Wohnung hören konnte.

Prompt öffnete sich die Tür. Herr Rahman und Herr Jalal schauten herein. »Ist alles in Ordnung, Kinder?«

»Ja, ja«, sagte Zohra schnell.

Zum Glück fragte Herr Rahman nicht weiter und Zohra schloss in Windeseile die Tür.

»Also, was suchst du?«, fragte Arie.

35

»Wir können dir helfen«, bot Sami an.

»Ihr dürft es aber niemandem verraten«, sagte Zohra.

»Abgemacht«, sagte Sami und Zohra erzählte, was passiert war. Sie beschrieb ihnen das Tuch ganz genau. Dann suchten sie alle drei, aber das Tuch war tatsächlich nicht zu finden. Zumindest nicht in Zohras Zimmer.

Als sie später alle um den großen Küchentisch saßen und aßen, erzählte Familie Jalal von Kabul, von der Familie und von den Freunden. Neun Afghanen saßen um den Tisch. Acht Personen kannten alle Menschen, Plätze und Straßen. Nur Zohra kannte niemanden. Sie saß den ganzen Abend still am Tisch, hörte zu und fühlte sich ausgeschlossen.

Früher als sonst verabschiedete sich Zohra. Sie legte sich in das Bett von Nesrin, zog sich die Decke bis über die Ohren und dachte nach. Dass sie kein eigenes Zimmer mehr hatte, machte sie traurig. Aber sie wusste auch, dass Familie Jalal alles verloren hatte. Deshalb traute sie sich nicht, wirklich traurig zu sein. Am meisten beschäftigte sie ihr Tuch. Wo es wohl war und

ob es tatsächlich jemand gestohlen hatte? Oder hatte sie es verloren?

»Wie bekomme ich nur mein Tuch zurück?«, murmelte Zohra leise in die Bettdecke und schlief kurz darauf tief und fest ein.

Zu Besuch in der Villa Papilla

Zohra träumte, dass sie in einer riesigen Halle zwischen vielen Menschen saß. Alle erzählten und redeten durcheinander. Es war ein Gewirr aus unendlich vielen Sprachen. Zohra saß mittendrin und verstand überhaupt nichts. Sie wollte weglaufen, wusste aber nicht, wie und wohin. Nirgendwo war ein Ausgang.

In diesem Augenblick legte ihr jemand die Hand auf die Schulter. Zohra blickte sich erschrocken um. Dann lachte sie. Es war Papay.

»Willst du mitkommen?«, fragte Papay.

»Wie bitte?«, rief Zohra. Es war so laut, dass sie Papay kaum verstand.

»Willst du mitkommen?«, schrie Papay ihr ins Ohr.

»Oh ja«, rief Zohra.

»Wohin möchtest du?«, rief Papay.

»Darf ich es mir wünschen?«, schrie Zohra.

»Ja«, rief Papay.

»Auch wenn es weit weg ist?«, schrie Zohra.

»Nichts ist weit weg«, schrie Papay zurück.

»Was hast du gesagt?«, schrie Zohra.

»Nichts ist weit weg!«, wiederholte Papay lauthals.

»Oh doch«, antwortete Zohra und schaute dabei nachdenklich zu den vielen Menschen.

»Kein Weg ist weit, wenn man den ersten Schritt getan hat‹, pflegte meine Großmutter zu sagen«, rief Papay lachend.

»Was hat deine Großmutter gesagt?«, rief Zohra.

»›Kein Weg ist weit, wenn man den ersten Schritt getan hat‹«, wiederholte Papay laut.

»Das verstehe ich nicht«, schrie Zohra.

»Was für ein Lärm!«, schimpfte Eulalia.

»Stimmt«, rief Zohra.

»Lasst uns in die Villa Papilla fliegen, dort ist es ruhiger«, schrie Papay.

Dann nahm sie Zohra an die Hand, ging mit ihr schnurstracks durch die vielen Menschen vor die Tür und schüttelte eine Kugel aus ihrem Schal. Zohra stieg ein, Papay malte ihr Zauberzeichen in die Luft und nur wenig später waren sie hoch oben über der Stadt. Zohra sah die Halle ganz klein unter sich, dann die Kastanienallee, den Park und ihre Schule. Wenig später landeten sie auf der großen Blumenwiese vor Papays Haus. Trudel lag im Gras und winkte Zohra zu.

»Willkommen in der Villa Papilla«, sagte Papay.

Zohra grinste. »Hallo, Trudel.«

»Du wolltest wohl sagen: Hallo, schöne Trudel«, trällerte Trudel.

»Ach ja«, lachte Zohra, »hallo, schöne Trudel.«

»Halli, hallo«, sagte Trudel.

»Hier sieht es ja lustig aus«, sagte Zohra.

»Wieso lustig?«, empörte sich Eulalia.

»Weil alles auf dem Kopf steht«, sagte Zohra.

»Pfff«, machte Eulalia. »Was ist denn daran lustig!«

»Eulalia«, mahnte Papay. Und zu Zohra sagte sie: »Das kennst du ja schon, manchmal ist hier alles etwas durcheinander.«

In diesem Moment sprang der kluge Kater Konrad aus dem Küchenfenster und maunzte: »Gibt es jetzt endlich Schokoladenkuchen?«

»Oh ja«, rief Papay, »den hätte ich fast vergessen!«

Wenig später lagen sie alle auf der Wiese in der Sonne und aßen Schokoladenkuchen. Trudel zeigte Zohra ihre hellblaue Schleife, die sie heute um ihren dicken Bauch trug. Eulalia jammerte über ihr Nest, das auf dem Kopf stand. Erich versuchte Eulalia zu beruhigen und der kluge Kater Konrad futterte in größter Geschwindigkeit sein erstes Stück Schokoladenkuchen.

»Ich wollte dir erklären, was meine Großmutter immer gesagt hat«, sagte Papay.

»Stimmt«, sagte Zohra.

»Kein Weg ist weit, wenn man den ersten Schritt getan hat«, sagte der kluge Kater Konrad.

»Richtig!«, lachte Papay.

»Und was heißt das?«, fragte Zohra.

»Das heißt, wenn man sich etwas wünscht, glaubt man manchmal, es sei ganz weit weg«, antwortete der kluge Kater Konrad. »Wenn ich mir noch ein Stück Schokoladenkuchen wünsche, aber hier hinten auf der Wiese bin, scheint der Kuchen weit weg.« Während der kluge Kater Konrad sprach, war er aufgesprungen und hatte sich weit hinten auf die Wiese gelegt.

»Und wenn du dort liegen bleibst, bleibt er weit weg«, sagte Papay.

»Genau«, sagte der kluge Kater Konrad und näherte sich Pfote für Pfote dem Kuchen. »Aber wenn man den ersten Schritt getan hat, tut man auch den zweiten und dann den dritten und dann kommt der Kuchen immer näher.« Kaum hatte er zu Ende gesprochen, war er beim Kuchen angekommen, patschte seine Pfote auf ein Stück Schokoladenkuchen und rief siegessicher: »MEINS!«

Alle lachten und Zohra sagte: »Verstanden!«

»Und was wünschst du dir?«, fragte Papay Zohra.

Zohra musste nicht lange nachdenken: »Ich wünsche mir, dass ich mein Tuch wiederfinde.«

»Welches Tuch?«, fragte Papay.

Zohra erzählte die Geschichte von dem Tuch, das sie von ihrer Großmutter geschenkt bekommen hatte.

»Und wo lebt deine Großmutter?«, fragte Eulalia.

»In Afghanistan«, sagte Zohra.

»Wo ist das?«, fragte Trudel.

»Weit weg«, sagte der kluge Kater Konrad.

»Aber …«, fing Papay an, kam jedoch nicht dazu weiterzusprechen.

Der kluge Kater Konrad unterbrach sie: »Ja, ja, kein Weg ist weit, wenn man den ersten Schritt getan hat.« In der Sekunde patschte er seine Pfote auf das nächste Stück Schokoladenkuchen.

»Konrad«, rief Papay streng, »wir haben Besuch!«

»Eben«, sagte der kluge Kater Konrad. »Ich zeige ihr ja nur, wie es geht.«

»Also«, sagte Papay, stand auf und schüttelte ein paar Kugeln aus ihrem Schal. »Wer will mit? Wir reisen nach Afghanistan.«

Zohra schaute Papay mit großen Augen an. »Wirklich?«

Papay nahm Zohra an die Hand. »Mach dir keine Sorgen, alles wird gut.«

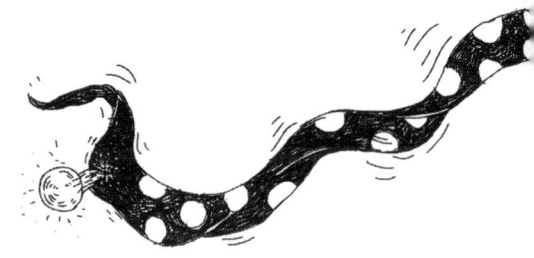

Eine ganz besondere Reise

Es war eine ungewöhnlich lange Reise. Zohra war aufgeregt. Ob sie wirklich ihre Großmutter treffen würde? Und woher wusste Papay eigentlich, wo sie wohnte? Dann merkte Zohra, dass sie sich dem Erdboden näherten. Es war tief in der Nacht und stockdunkel. Zohras Augen hatten sich an die Dunkelheit gewöhnt. Sie erkannte das Land und dachte: *Das muss Afghanistan sein.* Berge und weite Flächen wechselten sich ab. Flüsse schlängelten sich durch das Land und dann sah Zohra den großen Wasserfall, von dem ihr Vater oft erzählt hatte. Es sah wunderschön aus.

Wenig später waren sie in einem Raum. Er sah ein bisschen aus wie eine Küche. Zwischen zwei niedrigen Betonmauern loderte ein kleines Feuer. Darauf stand ein großer Wasserkessel. Auf dem Fußboden lagen viele Kissen und dazwischen stand ein Tisch. *Wie bei Ali,* dachte Zohra. Zohra und Eulalia sahen sich um.

Papay sagte: »Ich gehe deine Großmutter holen.«

Zohras Herz klopfte. Sie war so aufgeregt wie noch

nie zuvor in ihrem Leben. Wenig später kamen Papay und Zohras Großmutter, die von ihren Enkelkindern Nana genannt wurde, in die Küche.

Nana öffnete ihre Arme: »Meine Enkeltochter, welch ein Geschenk!« Dann umarmte sie Zohra.

Nachdem sich alle begrüßt hatten, setzten sie sich auf die Kissen um den Tisch. Zohra saß ganz dicht neben ihrer Großmutter. Nana wischte sich mit ihrem Kopftuch ein paar Tränen von den Wangen und sagte: »Mein größter Wunsch ist in Erfüllung gegangen. Erzähl mir, wie geht es deinem Vater, deiner Mutter und deinen Schwestern?«

Zohra erzählte alles. Von der Arbeit des Vaters als

Übersetzer, von der Mutter und den Schwestern, davon, dass jetzt die Familie Jalal bei ihnen wohnte, von ihren Freundinnen Emma, Sophie und Anna, von der Kastanienallee und von der Schule. Dann stockte sie, denn als sie über die Schule sprach, fiel es ihr wieder ein: das verlorene Tuch.

»Ich bin so dankbar«, sagte Nana. »Dankbar, dass es euch gut geht.« Und sie fügte hinzu: »Darf ich euch einen Tee anbieten?«

»Gerne«, sagte Papay.

Nana goss Tee auf und holte aus einer Kammer köstliches Gebäck.

»Hm, ist das gut«, sagte Papay.

»Ja«, lachte Nana, »das sind die Lieblingskekse meines Sohnes Abdul.«

»Herzlichen Dank für deine Gastfreundschaft«, sagte Papay und verneigte sich dabei leicht.

»Von Herzen gerne. Aber was führt euch hierher?«, fragte Nana.

»Das soll dir Zohra erzählen«, sagte Papay.

Nachdem Zohra die Geschichte mit dem Tuch eingefallen war, war sie ganz still geworden. Als Papay ihren Namen sagte, wurde sie rot und schaute betrübt auf den Boden.

»Mein Mädchen, was ist passiert?«, fragte Nana.

Nach einer längeren Pause sagte Zohra: »Ich habe mein Lieblingsstück verloren.«

»Ist das so schlimm?«, fragte Nana.

»Ja«, sagte Zohra mit Tränen in den Augen.

»Es ist das schöne Tuch, das du Zohra zur Geburt geschenkt hast«, erklärte Papay.

»Ich erinnere mich«, sagte Nana, »das ist besonders schön.«

»Es ist weg«, sagte Zohra. »Es ist weggekommen, als ich es in der Schule mithatte.«

»Jemand hat es genommen«, flüsterte Papay.

»So etwas passiert«, sagte Nana. Dabei nahm sie Zohras Hand und fügte hinzu: »Es gibt so viel Wichtigeres.«

»Nein«, sagte Zohra.

»Ich verstehe«, sagte Nana.

»Das Tuch ist für mich das Wichtigste auf der Welt«, sagte Zohra.

»Das ehrt mich«, sagte Nana.

»Es ist mein Glücksbringer«, sagte Zohra.

»Ja, es ist ein Glücksbringer«, sagte Nana und fügte hinzu: »Aber die Wünsche trage ich in meinem Herzen und schicke sie jeden Tag zu dir. Ich hoffe, sie bringen dir immer Glück.«

»Vielleicht finde ich es wieder«, sagte Zohra.

»Vielleicht«, sagte Papay.

Nana lächelte.

Dann war es wieder still um den Tisch. Eulalia zappelte nervös herum. Zohras Großmutter sah Eulalia an und sagte: »Was bist du für ein schönes Tier.«

Eulalia schaute verlegen zur Seite. Das hatte außer Erich noch nie jemand zu ihr gesagt.

»Wir müssen uns jetzt langsam auf den Weg machen, der Tag beginnt bald.«

»Das war das schönste Erlebnis seit vielen Jahren«, sagte Nana und nahm Zohra ganz fest in ihre Arme.

Damit Zohra alles sehen konnte, flogen sie auf dem Rückweg langsam über Jalalabad. Die dicke rote Sonne stieg gerade hinter einem Berg auf. Zohra sah

50

eine Rikscha durch die Straßen fahren. Und dort lag mitten auf der Straße eine Kuh. Etwas weiter sah Zohra Häuser, die wie eine Festung um Jalalabad standen. Es war alles genau so, wie ihr Vater es immer beschrieben hatte. Es war wunderschön.

Am Sonntagmorgen

Kaum war sie aufgewacht, erinnerte sich Zohra an ihren Traum. Leise schlich sie sich aus Nesrins und Ellahas Zimmer in die Küche. Es war erst sieben Uhr. Und es war Sonntag. Um diese Zeit konnte sie auf keinen Fall bei ihren Freundinnen klingeln. Aber Zohra hatte eine andere Idee. Als sie die Haustür öffnete, war es noch ganz still in der Kastanienallee. Nur Ali hatte schon geöffnet, denn Alis Basar hatte sieben Tage in der Woche fast rund um die Uhr geöffnet.

»Guten Morgen, Zohra«, rief Ali von der anderen Straßenseite.

»Guten Morgen«, rief Zohra zurück.

Dann sammelte Zohra kleine Kieselsteinchen und warf sie vorsichtig gegen das Fenster von Emma. Das war nicht so einfach, weil Emma im zweiten Stock wohnte und die Steine nicht so hoch flogen. Aber nach ein paar Minuten ging der Vorhang auf und Emma schaute verschlafen aus dem Fenster. Als sie Zohra sah, machte sie das Fenster auf und rief: »Was ist los?«

»Kann ich zu dir kommen?«, rief Zohra.

»Ich komme runter«, rief Emma.

Wenige Minuten später stand Emma auf der Straße.

»Ich war heute Nacht bei Papay«, sprudelte es aus Zohra heraus.

Emma war schlagartig hellwach. »Cool! Los, erzähl.«

»Wo?«, fragte Zohra.

»Lass uns zu Ali gehen«, sagte Emma.

Und genau das machten sie.

Kaum saßen sie auf den bunten Kissen in der Tee-Ecke, kam Ali und sagte: »Schon so früh auf, die Damen? Darf ich einen der weltköstlichsten Kakaos servieren?«

»Oh ja«, sagte Emma.

»Gerne«, sagte Zohra.

Ali verschwand in seiner Küche und Emma drängelte: »Los, erzähl!«

Zohra erzählte alles. Von ihrem Besuch in der Villa Papilla, von der Reise nach Afghanistan und von ihrer Großmutter Nana. Sie erzählte vom Haus der Großmutter, von der Küche, in der es ganz ähnlich aussah wie in Alis Tee-Ecke, und von der Stadt Jalalabad. Sie erzählte, wie sehr sich ihre Großmutter gefreut hatte und dass sie Eulalia gesagt hatte, wie schön sie sei.

»Da wird Trudel aber neidisch sein«, lachte Emma.

»Sie war ja nicht dabei«, sagte Zohra.

»Und das Tuch?«, fragte Emma.

Das hatte Zohra vor Aufregung ganz vergessen. Sie erinnerte sich, dass sie über das Tuch gesprochen hatten, aber sie wusste nicht mehr, was Papay gesagt hatte.

»Denk noch einmal genau nach«, sagte Emma.

»Ich versuche es die ganze Zeit«, sagte Zohra.

»Wie spät ist es?«, fragte Emma.

»9 Uhr«, stellte Zohra erstaunt fest.

»Super«, sagte Emma, »ich hole die anderen, jetzt dürfen wir klingeln.«

»O. K.«, sagte Zohra, »und ich versuche mich zu erinnern, was Papay über das Tuch gesagt hat.«

»Abgemacht«, rief Emma, aber da war sie schon fast aus der Tür.

Zohra machte die Augen zu und versuchte sich genau zu erinnern. Sie wusste, dass sie mit Nana und Papay über das Tuch gesprochen hatte. Aber was hatte Papay bloß geantwortet? In dem Moment, als es Zohra wieder einfiel, kam Emma mit Anna und Sophie durch die Tür.

»Wie cool«, sagte Anna und kniff Zohra in den Arm.

»Aua«, rief Zohra.

»Das war nur ein Test, ob du schon wieder wach bist«, lachte Anna.

»Emma hat uns auf dem Weg schon alles erzählt«, sagte Sophie.

»Jetzt hab ich's!«, rief Zohra.

»Was?«, fragte Sophie.

»Mir ist eingefallen, was Papay gesagt hat«, schoss es aus Zohra raus.

»Und?«, drängelte Anna.

»Sie hat gesagt: ›Jemand hat es genommen‹«, sagte Zohra nachdenklich.

»Und hat sie auch gesagt wer?«, fragte Sophie.

»Nein«, sagte Zohra betrübt.

»Okay, dann müssen wir es rausfinden«, sagte Anna.

»Zumindest wissen wir schon mal, dass es jemand genommen hat«, sagte Emma.

»Aber wer?«, fragte Sophie.

Die Mädchen überlegten. Es war ziemlich klar, dass es während der Turnstunde passiert war. In der Pause hatte Zohra das Tuch noch in der Hand gehabt. Nach der Turnstunde hatte sie es nicht mehr gesehen.

»Gut«, sagte Anna. »Ist irgendjemand während der Stunde rausgegangen?«

Die Mädchen dachten nach.

»Ich habe da überhaupt nicht drauf geachtet«, gab Emma zu.

»Ich auch nicht«, sagte Zohra. »Ich weiß nur, dass Charlotte und Rosa-Lotta auf dem Weg zur Turnhalle so superneugierig gefragt haben.«

»Vielleicht waren es aber die Jungs«, sagte Sophie.

»Was sollen die mit dem Tuch?«, fragte Zohra.

»Dir eins auswischen«, sagte Emma.

»Stimmt«, sagte Sophie.

»Okay, welche Jungs mögen dich nicht?«, fragte Anna.

»Mögen *uns* nicht!«, sagte Sophie.

Anna, Zohra und Emma lachten.

»Ist doch klar«, sagte Zohra. »Alex!«

»Und wie wollen wir rausfinden, ob er es war?«, fragte Emma.

»Oder Charlotte und Rosa-Lotta«, sagte Anna.

Darauf wusste keiner eine Antwort.

»Ich muss jetzt zum Frühstück«, sagte Emma.

»Wollen wir uns heute Nachmittag treffen?«, fragte Sophie.

»Ja, drei Uhr im Park«, sagte Zohra.

»Gib mir 5«, sagte Anna. Wie üblich klatschten sich alle vier ab.

Begegnung im Park

Familie Rahman und Familie Jalal saßen beim Frühstück, als Zohra nach Hause kam.

»Guten Morgen«, sagte Zohra.

Sie platzte fast vor Freude. Am liebsten hätte sie ihrem Vater und ihrer Mutter sofort erzählt, was sie im Traum erlebt hatte. Von ihrer Reise nach Afghanistan und von Nana. Davon, dass sie in Nanas Küche Kekse gegessen hatte und dass es ihr gut ging. Aber das hätte ihr keiner geglaubt. Außerdem waren die Reisen mit Papay ihr Geheimnis. Das größte Geheimnis der vier Freundinnen! Sie hatten sich geschworen, niemals niemandem von Papay zu erzählen. Und zwar »heiliges Indianerehrenwort: ÜBERHAUPT NIEMANDEM!«

Wenig später standen Frau Rahman und Frau Jalal auf und deckten den Tisch ab.

»Zohra, kannst du bitte helfen?«, sagte Frau Rahman.

»Ich habe nicht gefrühstückt, das können die Jungs machen«, sagte Zohra.

»Sie sind unsere Gäste«, sagte Frau Rahman und schaute Zohra böse an.

»Sie wohnen bei uns«, sagte Zohra.

»Zohra!«, sagte Frau Rahman streng.

Sami und Arie blieben mit ihren Vätern am Tisch sitzen und grinsten Zohra an.

»Blödmänner«, zischte Zohra leise auf Deutsch, während sie die Marmelade vom Tisch räumte. In diesem Moment verstand sie Anna so gut wie nie. Zwillinge sind anstrengend, das wusste sie von Anna, aber diese beiden Jungs waren auch noch verwöhnt und faul. Erst musste sie ihnen ihr Zimmer geben, dann hatte sie sie sogar in ihr Geheimnis eingeweiht und jetzt benahmen sie sich wie afghanische Könige und ließen sich bedienen. Zohra ärgerte sich schwarz, dass sie ihnen von ihrem Tuch erzählt hatte.

Um kurz vor drei Uhr hörte Zohra Herrn November kläffend die Treppe runterlaufen. In diesem Moment ging die Wohnungstür im ersten Stock auf und Emmas Großmutter, die alte Frau Cornelius, rief durch das ganze Haus: »Was ist das für ein Lärm hier?«

»Das ist nur Herr November«, versuchte Emma ihre Großmutter zu beruhigen.

»Seit gestern ist ein solcher Trubel hier im Haus, das gefällt mir gar nicht«, schimpfte die alte Frau Cornelius.

Im Park legten die Mädchen sich auf ihre Lieblingswiese und warfen abwechselnd Stöcke und Bälle für Herrn November. Dabei erzählte Zohra ihren Freundinnen von den Zwillingen.

»Echte Blödmänner«, schimpfte Zohra.

»Willkommen im Klub«, lachte Anna.

»Die sind noch schlimmer als Max und Moritz«, sagte Zohra. »Sie benehmen sich wie Könige und lassen sich von vorne bis hinten bedienen. Die haben noch nicht ein einziges Mal abgewaschen oder aufgeräumt.«

»Und was sagt deine Mutter?«, fragte Anna.

»Gar nichts. Keiner sagt was«, sagte Zohra.

»Warum nicht?«, fragte Emma.

»Weil es in Afghanistan üblich ist, dass sich nur die Frauen um den Haushalt kümmern«, sagte Zohra.

»Das ist krass«, sagte Sophie.

»Mich nervt es einfach nur, sie zu bedienen«, sagte Zohra.

»Kann ich gut verstehen«, sagte Anna.

»Außerdem habe ich ihnen erzählt, dass mein Tuch weg ist«, sagte Zohra leise.

»Wem?«, fragte Anna.

»Sami und Arie«, antwortete Zohra.

»Spinnst du?«, rief Emma.

»Und jetzt?«, fragte Anna.

»Keine Ahnung«, sagte Zohra.

»Verraten sie dich?«, fragte Sophie.

»Ich weiß es nicht«, sagte Zohra nachdenklich.

»So ein Mist«, schimpfte Emma.

»Ja«, sagte Zohra.

»Wir müssen das Tuch so schnell wie möglich wiederfinden«, sagte Sophie. »Ich glaube, dass es Alex war.«

»Warum?«, fragte Zohra.

»Weil er uns mal wieder eins auswischen wollte«, sagte Sophie.

»Kann sein«, sagte Emma.

»Es kann aber auch sein, dass Charlotte oder Rosa-Lotta das Tuch geklaut haben«, sagte Anna.

»›Genommen‹ hat Papay gesagt«, sagte Zohra.

»Okay, okay«, sagte Anna.

»Und was machen wir jetzt?«, fragte Emma.

»Wir müssen die drei morgen in der Schule zur Rede stellen«, sagte Anna.

»Schaut mal da drüben«, sagte Emma plötzlich.

»Schnell, hinter die Bank!«, zischte Anna.

In Sekundenschnelle sprangen sie alle auf und versteckten sich im Gebüsch hinter der Bank.

»Das glaube ich nicht«, flüsterte Sophie.

Tatsächlich ging auf der anderen Seite der Wiese die Familie Popow spazieren: Alex mit seinen Eltern und ihren drei Hunden.

»Seht ihr, was ich sehe?«, flüsterte Anna.

»Das Tuch!«, sagte Zohra.

Tatsächlich, Frau Popow trug außer sehr hochhackigen Schuhen und einem engen Kostüm ein rosa Tuch mit einem roten Rand.

»Ist das dein Tuch?«, fragte Emma.

»Ich glaube ja«, flüsterte Zohra.

»Sag ich doch!«, sagte Anna.

In diesem Moment sah Herr November die drei Hunde der Familie Popow, sprang aus dem Gebüsch und rannte laut bellend los.

»Herr November!«, zischte Sophie, aber da war Herr November schon auf der anderen Seite der Wiese.

»Ach, wen haben wir denn da?«, sagte Herr Popow und beantwortete seine Frage gleich selber: »Das zottelige Vieh.«

»Hallo, Herr November«, sagte Alex, kniete sich hin und streichelte Herrn November.

»Woher kennt ihr den Hund?«, fragte Frau Popow. Sie wollte sich gerade zu Herrn November runterbeugen, als sie merkte, dass ihr Rock zu eng und ihre Schuhe zu hoch waren.

»Aus dem Tierheim«, sagte Alex.

»Die Besitzerinnen scheinen sich ja gut um den Hund zu kümmern«, sagte Herr Popow.

»Du musst da hin«, flüsterte Anna.

Aber das hatte Sophie auch schon selbst erkannt. Sie

kletterte aus dem Gebüsch, lief über die Wiese und rief Herrn November.

»Der hört ja fantastisch«, sagte Herr Popow zynisch.

»Guten Tag, ich bin Sophie«, sagte Sophie zu Frau Popow und gab ihr die Hand. Das machte sie allerdings nicht, weil sie so gut erzogen war, sondern weil sie das Tuch aus der Nähe sehen wollte. Dann rief Sophie sehr streng: »Herr November!« Sofort stand er neben ihr.

»Tschüss!«, sagte Sophie und rannte mit Herrn November zurück über die Wiese und setzte sich auf die Bank vor dem Gebüsch, bis Familie Popow mit ihren Hunden verschwunden war.

»War das mein Tuch?«, fragte Zohra aufgeregt, nachdem sie aus dem Gebüsch geklettert war.

»Ich glaube nicht«, sagte Sophie.

»Aber es sah von hier genauso aus«, sagte Emma.

»Es war überall mit roten Rosen bedruckt«, erkärte Sophie.

»Dann ist es nicht mein Tuch«, sagte Zohra.

Sie war traurig, aber irgendwie auch erleichtert, dass Alex ihr Tuch nicht genommen hatte.

»Dann bleibt es also bei Charlotte und Rosa-Lotta«, sagte Anna.

Sie beschlossen, die beiden am nächsten Tag zur Rede zu stellen.

Glück im Unglück

Am Montag konnten sie nichts Auffälliges in der Schule beobachten. Die Jungs nervten, weil sie die Mädchen ärgerten und ihnen ständig etwas wegnahmen, und Herr Zahn hatte schlechte Laune. In der Pause stellten sie Charlotte und Rosa-Lotta zur Rede. Aber sie bekamen nichts heraus. Beide Mädchen sagten, dass sie das Tuch das letzte Mal in der Pause auf dem Weg zur Turnhalle gesehen hatten.

»Warum sollten wir dein blödes Tuch nehmen?«, zickte Rosa-Lotta.

»Weil du es am Freitag noch soooo schön fandest«, zickte Anna zurück.

Nach der Schule versuchte Zohra einen Platz zu finden, an dem sie in Ruhe Hausaufgaben machen konnte. Es war ganz schön voll und laut in der Wohnung.

»Nimm doch den Tisch in unserem Schlafzimmer«, sagte Frau Rahman.

»Du meinst im Wohnzimmer?«, fragte Zohra.

»Ja«, sagte Frau Rahman.

Zohra hatte ihre Hefte noch nicht einmal aufgeschlagen, als Sami und Arie ins Zimmer kamen.

»Hast du dein Tuch gefunden?«, fragte Arie.

»Nein«, sagte Zohra, schaute konzentriert auf ihr Heft und hoffte, dass die Jungs sie in Frieden ließen.

»Was machst du da?«, fragte Arie.

»Hausaufgaben«, sagte Zohra.

»In Afghanistan dürfen nur Jungs zur Schule gehen«, sagte Sami.

»Schlimm genug«, sagte Zohra.

»Und darfst du alleine auf die Straße gehen?«, fragte Arie so laut, als sei er alleine in der Wohnung.

»Klar«, sagte Zohra, »außerdem will ich jetzt Hausaufgaben machen.«

In diesem Moment rief Frau Rahman die Familie zum Mittagessen. Seitdem die Familie Jalal da war, kochte sie gemeinsam mit Frau Jalal. Und das machte Zohras Mutter offensichtlich viel Spaß, denn sie wirkte in den letzten Tagen besonders fröhlich. Zum Glück!

Während des Essens fragte Frau Rahman Zohra plötzlich: »Wo ist eigentlich dein Tuch?«

Zohra durchzuckte ein Schlag. Darauf war sie nicht vorbereitet gewesen. Sie hatte gehofft, ihre Mutter hätte das Tuch vollkommen vergessen. Zohra schluckte und sagte: »Wieso?«

»Ich habe heute beim Einkaufen eine Mutter aus deiner Klasse gesehen, die genauso ein Tuch trug.«

»Die haben wir gestern auch gesehen«, sagte Zohra blitzschnell.

»Ach ja?«, fragte Frau Rahman.

»Ja, das ist Frau Popow. Sie hat ein ähnliches Tuch mit aufgedruckten Rosen«, sagte Zohra.

»Hat Frau Popow kurze braune Haare?«, fragte Frau Rahman.

Das hatte sie nicht! Frau Popow hatte lange blond gefärbte Haare. Aber bevor Zohra antworten konnte,

passierte zum Glück ein Unglück. Sami fiel die Schüssel aus der Hand.

Der gesamte Tisch und Frau Jalals Bluse waren voll Soße.

»Oje!«, rief Frau Jalal.

Frau Rahman und Frau Jalal sprangen auf und holten Lappen. Nesrin, Ellaha und Zohra stellten schnell alles zur Seite und Sami entschuldigte sich hundertmal. Dabei schaute er Zohra an und zwinkerte ihr zu. Er hatte die Schüssel also mit Absicht fallen lassen, um Zohra zu helfen. Zohra war irritiert. Erst führten sie sich auf wie afghanische Könige und nervten sie, weil sie ein Mädchen war, und dann das.

»Danke«, zischte Zohra leise, während sie neben Sami den Tisch abwischte.

Zohra klingelte bei Emma und erzählte ihr, was passiert war.

»Das war ja ganz nett von den afghanischen Königen«, sagte Emma.

»Die Rettung!«, sagte Zohra.

»Aber welche Mutter hat kurze braune Haare?«, grübelte Emma.

»Lass uns die anderen abholen, dann überlegen wir zusammen«, sagte Zohra.

Genauso machten sie es. Als sie im Park angekommen waren, überlegten sie, welche Mutter kurze braune Haare hatte.

»Die Mutter von Rosa-Lotta?«, fragte Zohra.

»Die hat lange braune Haare«, sagte Emma.

»Und die Mutter von Charlotte?«, überlegte Sophie.

»Hat lange gelockte Haare«, sagte Emma.

»Und die Mutter von Zoe?«, fragte Anna.

»Hat rote Haare«, sagte Emma.

»Wieso weißt du eigentlich die Haarfarben von allen Müttern?«, lachte Anna.

»Weiß ich halt«, sagte Emma.

»Dann sag uns doch mal, welche Mutter kurze braune Haare hat«, sagte Zohra.

»Zum Beispiel die Mutter von Chiara, David und von Paul«, sagte Emma wie aus der Pistole geschossen.

Chiara konnte es nicht sein, sie war mit ihnen befreundet.

»Paul hat es bestimmt nicht genommen«, sagte Zohra.

»Geklau-aut!«, sang Anna.

»Wieso?«, fragte Sophie.

»Weil er am Freitag nicht in der Schule war«, sagte Zohra.

»Bleibt also nur David«, sagte Emma.

»Wo wohnt David?«, fragte Sophie.

»In der Lindenstraße«, sagte Emma.

»Kommt, wir gehen hin und beobachten sein Haus«, schlug Sophie vor.

Und genauso machten sie es. Zohra und Anna platzierten sich im Hauseingang gegenüber von Davids Haus. Sophie und Emma gingen durch die Straßen und schauten in allen Läden. Da Emma genau wusste, wie Davids Mutter aussah, wollten sie versuchen, sie zu treffen. Mit Glück trug sie Zohras Tuch.

Aber sie hatten keinen Erfolg. Sie trafen weder David noch seine Mutter.

Um sechs Uhr sagte Zohra: »Ich muss jetzt nach Hause.«

»Ich auch«, sagte Anna.

»Wir machen morgen weiter«, sagte Sophie.

»Okay«, sagte Emma.

»Hoffentlich hat deine Mutter das Tuch wieder vergessen«, sagte Emma, als sie die Treppen im Hausflur der Kastanienallee 8 hochgingen.

»Hoffentlich!«, sagte Zohra.

Als die Mutter sie zum Abendessen rief, sagte Zohra, dass sie nicht essen wollte, weil ihr schlecht war. Vor lauter Angst, dass ihre Mutter sie beim Abendessen noch einmal nach dem Tuch fragen würde, war ihr wirklich ein bisschen schlecht.

»Dann leg dich hin«, sagte Frau Rahman.

»Ja«, sagte Zohra, legte sich in Nesrins Bett, zog sich die Bettdecke über beide Ohren und schlief ganz schnell ein.

Überall rosa Tücher

Am nächsten Morgen auf dem Schulweg beratschlagten sich die Mädchen. Die Frage war, ob Davids Mutter Zohras Tuch tatsächlich hatte und wie sie das herausfinden sollten.

»Ich werde David einfach fragen, ob er das Tuch gesehen hat«, sagte Zohra.

»Und was soll er dann sagen?«, fragte Sophie.

»Nein, ich habe es nicht genommen, ich habe es gestohlen«, sagte Anna mit tiefer Stimme.

Alle lachten.

»Ich weiß es doch auch nicht«, sagte Zohra.

Als sie vor der Schule ankamen, blieben alle wie angewurzelt stehen.

»Boah«, sagte Zohra.

»Ja«, sagte Sophie.

Auf der anderen Straßenseite verabschiedete sich Davids Mutter von David und seiner jüngeren Schwester, stieg auf ihr Fahrrad und fuhr los. Aus ihrem Korb hing ein rosafarbenes Tuch mit einem roten Rand.

»Ist das dein Tuch?«,
fragte Emma.

»Es sieht genauso aus«,
sagte Zohra.

»Also ist dieser Fall
gelöst!«, sagte Anna.

»Noch nicht
ganz«, sagte Zohra.

»Wir müssen
erst herausfin-
den, wie Zohra
ihr Tuch zurückbe-
kommt«, sagte Sophie.

»Und ob es wirklich Zohras Tuch ist«, sagte Emma.

»Stimmt«, sagte Anna.

In diesem Augenblick bimmelte eine Fahrradglocke
neben ihnen.

»Guten Morgen, darf ich euch zum Unterricht abholen?«, rief Herr Zahn von seinem Fahrrad.

»Gerne«, sagte Anna.

Die Mädchen rannten los und waren ausnahmsweise
mal vor Herrn Zahn in der Klasse.

»Du musst ihn in der Pause fragen«, flüsterte Anna Zohra während des Unterrichts zu.

»Was sagst du, Anna?«, fragte Herr Zahn.

»Nichts«, sagte Anna.

»Dann ist ja alles gut«, sagte Herr Zahn.

In der großen Pause ging Zohra schnurstracks auf David zu und sagte ihm, dass sie eine Frage hatte.

»Hey, Zohra will was von David!«, rief Ben.

»Sie will wahrscheinlich mit ihm gehen«, sagte Leon.

»Sehr witzig«, sagte Anna, die gemeinsam mit Zohra zu den Jungs gegangen war.

»Werd mal nicht frech, sonst hole ich deine Brüder«, drohte Alex.

»Noch so ein Witzbold«, sagte Anna.

Anna lenkte die drei Jungs ab und schleuderte sich mit ihnen Blödheiten an den Kopf. Das konnte sie gut, immerhin machte sie mit Max und Moritz den ganzen Tag nichts anderes.

Zohra und David waren ein Stückchen weitergegangen.

»Was ist los?«, fragte David.

»Mein Tuch ist weg«, sagte Zohra.

»Aha«, sagte David.

»Ich habe deine Mutter heute Morgen mit genauso einem Tuch gesehen«, sagte Zohra.

»Geht's noch?«, sagte David.

»Es sah genauso aus wie mein Tuch«, wiederholte Zohra.

»Dann frag doch meine Mutter«, sagte David.

»Also hast du es nicht genommen?«, hakte Zohra nach.

»Spinnst du?«, sagte David.

»Dann hat deine Mutter wahrscheinlich ein ähnliches Tuch«, sagte Zohra.

»Wahrscheinlich«, sagte David und ging genervt zurück zu seinen Freunden.

»Echt merkwürdig«, sagte Anna, nachdem Zohra alles erzählt hatte.

»Finde ich auch«, sagte Emma.

»Plötzlich sehe ich überall rosa Tücher mit rotem Rand«, sagte Zohra.

»Krass«, sagte Sophie.

»Und jetzt?«, fragte Anna.

»Keine Ahnung«, sagte Zohra.

Zohra war traurig. Es wäre blöd gewesen, wenn Alex oder David das Tuch geklaut hätten, aber dann hätte sie es zumindest zurückbekommen. Jetzt rückte das Wochenende immer näher und es würde höchstens noch ein oder zwei Tage dauern, bis ihre Mutter wieder nach dem Tuch fragen würde. Zohra wusste nicht, was sie machen sollte.

Ein heißer Tipp

Am Nachmittag zeigte Zohra der Familie Jalal die Kastanienallee. Sie gingen in den Park und danach zu Ali. Ali begrüßte die Gäste herzlich und lud sie zu einem türkischen Tee ein. Da Herr Jalal Türkisch sprach, konnte er sich gut mit Ali unterhalten. Als die Erwachsenen ins Gespräch vertieft waren, flüsterte Sami: »Wir haben dein Tuch gesehen.«

»Wo?«, fragte Zohra.

»In der Kleiderkammer«, sagte Arie.

»Es war ein Tuch mit den Wünschen, die du gesagt hast«, sagte Sami.

Zohra fragte Sami und Ari Löcher in den Bauch. Aber die konnten nicht viel mehr sagen. Als sie in der Schlange vor der Kleiderkammer standen, war eine Frau mit dem Tuch aus der Kleiderkammer gekommen. Sie konnten sich noch genau daran erinnern, wie die Frau aussah. Sie war Syrerin und hatte drei kleine Kinder an der Hand. Dann versprachen sie Zohra, dass sie die Frau suchen wollten.

»Wie soll das denn gehen?«, fragte Zohra.

»Wir gehen morgen noch einmal zur Kleiderkammer«, sagte Sami.

»Dort fragen wir nach der Frau«, sagte Arie.

»Danke«, flüsterte Zohra.

Die Türglocke klingelte und die alte Frau Cornelius kam langsam, auf ihren Stock gestützt, in Alis Basar. Ali führte sie durch den Laden, trug ihr den Korb und tat alles hinein, was sie aussuchte. Nachdem die alte Frau Cornelius bezahlt hatte, stand Herr Jalal auf und sagte zu Frau Cornelius: »Darf ich Ihnen die Einkaufstüten nach Hause tragen?« Ali übersetzte.

»Ich weiß nicht«, sagte Frau Cornelius reserviert.

In diesem Moment standen aber auch schon Frau Jalal, Sami und Arie und Zohra an der Kasse.

»Das machen wir gerne«, sagte Zohra.

»Das ist sehr freundlich«, sagte Frau Cornelius noch immer etwas pikiert.

Herr Jalal und Sami nahmen die Tüten und Frau Jalal hakte Frau Cornelius ein, als sie über die Straße gingen.

»Das ist wirklich freundlich«, wiederholte die alte Frau Cornelius sichtlich milder gestimmt.

»Ist doch selbstverständlich«, sagte Zohra fröhlich.

»Darf ich Sie zu einer Tasse Kaffee einladen?«, fragte Frau Cornelius, als sie bei ihr angekommen waren.

Zohra übersetzte und antwortete: »Sehr gerne.«

Frau Jalal half der alten Frau Cornelius beim Auspacken. Sie verstand ihre Sprache zwar nicht, aber sie redeten mit Händen und Füßen miteinander. Etwas später kamen auch Emma und ihre Mutter dazu. Nachdem Frau Cornelius alle freudig begrüßt hatte, wandte sie sich ihrer Schwiegermutter zu. »Hast du neue Freunde gefunden?«

»Ja«, sagte ihre Schwiegermutter. »Das war der schönste Nachmittag seit langer Zeit.«

Als Zohra endlich im Bett lag, rasten ihre Gedanken wild durcheinander, hin und her, rauf und runter, kreuz und quer durch ihren Kopf. Wie in einer Achterbahn. Sie musste das Tuch bis spätestens zum Wochenende wiedergefunden haben. Denn dann war die Hochzeit. Es gab keine andere Möglichkeit.

Zohra überlegte noch einmal ganz genau. Sie hatte zwei Chancen: Davids Mutter oder die Frau aus der Kleiderkammer. Alle anderen Ideen waren falsche Fährten gewesen. Was sollte sie bloß machen?

Der Erpresserbrief

Die vier Freundinnen waren noch auf dem Weg, als sie in der Ferne die Schulglocke läuten hörten.

»Mist«, rief Anna.

»Schon wieder«, sagte Emma.

Die Mädchen rannten, so schnell sie konnten. Vor der Schule verabschiedeten sie sich von Herrn November und flitzten die Treppe hoch in den ersten Stock. Anna riss die Tür auf, aber niemand war in der Klasse. Keine Schüler und kein Lehrer.

»Was ist denn hier los?«, fragte Emma.

»Vielleicht ist heute Sonntag?«, fragte Anna.

»Nö«, sagte Sophie, »meine Mutter ist heute auch zur Arbeit gegangen.«

»Heute ist Mittwoch«, wusste Zohra ziemlich genau.

Als sie die Klassentür wieder zumachten, sahen sie den großen Zettel, auf dem stand:

DER UNTERRICHT DER 2A FINDET HEUTE IN DER 2B STATT.

»Oje«, sagte Anna.

»Los, wir müssen uns beeilen«, sagte Zohra.

Die Mädchen liefen den Flur entlang und klopften an die Tür der 2b.

Herr Zahn öffnete die Tür und sagte: »Aha, ihr schon wieder!«

»Entschuldigung«, sagte Emma.

»Wir haben den Zettel nicht gesehen«, sagte Anna.

»Groß genug ist er ja«, lachte Herr Zahn. »Na, dann sucht euch mal einen Platz.«

Dann sagte Frau Roth, die Lehrerin der 2b: »Gemeinsam mit der 2a schauen wir heute einen Film.«

»In den nächsten Wochen werdet ihr alle ein Referat über ein Tier halten. Heute schauen wir zusammen einen Film über Erdmännchen«, sagte Herr Zahn und fügte hinzu: »Los geht's.«

Der Film hatte gerade angefangen, da wanderte ein zusammengefalteter Zettel durch die Reihen. Auf dem Zettel stand in großen Buchstaben: ZOHRA

Zohra faltete das Papier auseinander. Es war ein Erpresserbrief. Auf dem Brief stand in aufgeklebten Worten:

In der Pause konnten die Mädchen kaum erwarten, auf den Schulhof zu kommen. Sie rätselten, wer den Erpresserbrief geschrieben haben könnte. Anna war sich sicher, dass es Alex war. Zohra verdächtigte Rosa-Lotta, und Sophie und Emma sagten alle zwei Minuten einen anderen Namen.

»Was machen wir denn jetzt?«, fragte Emma.

»Auf keinen Fall das Geld hinlegen«, sagte Anna.

»Aber vielleicht kriegen wir dann den richtigen Hinweis«, überlegte Zohra.

»Vielleicht ist es aber auch eine Finte«, warnte Sophie.

»Was ist das denn?«, fragte Emma.

»Eine falsche Fährte«, sagte Zohra.

»Lasst uns zuerst einmal Davids Mutter fragen«, schlug Anna vor.

»Okay«, sagte Zohra.

Am Nachmittag nahm Zohra allen Mut zusammen und klingelte gemeinsam mit Emma bei David. Sophie und Anna warteten auf der anderen Straßenseite. Zohra machte sich vor Aufregung fast in die Hose. Es dauerte ewig, bis die Wohnungstür geöffnet wurde.

»Hallo«, sagte Davids Mutter, »wollt ihr zu David?«

»Nein«, sagte Emma, als sie merkte, dass Zohra kein Wort rausbekam, »wir haben eine Frage.«

»Haben Sie ein Tuch gefunden?«, platzte es aufgeregt aus Zohra heraus.

»Ein Tuch? Was für ein Tuch? Nein, ich habe kein Tuch gefunden«, sagte Davids Mutter.

In diesem Augenblick kam David die Treppe hoch, sah Zohra und Emma und sagte: »Ihr schon wieder!«

»David!«, sagte seine Mutter streng und fügte hinzu: »Worum geht es hier eigentlich?«

»Zohras Tuch ist weg und wir haben neulich vor der Schule gesehen, dass Sie auch so ein Tuch haben. Es ist rosa«, sagte Emma schnell.

»Mit einem roten Rand«, sagte Zohra.

»Zohra hat es von ihrer Großmutter«, fügte Emma hinzu.

»Verstehe«, sagte Davids Mutter. »Ja, ich habe mir vor einigen Tagen auf dem Markt ein rosa Tuch mit einem roten Rand gekauft.«

»Von wem?«, fragte Zohra.

»Von einer Frau. Ich kannte sie nicht, aber sie hatte viele von diesen Tüchern«, sagte Davids Mutter.

»Dürfen wir das Tuch sehen?«, fragte Emma.

»Klar«, sagte Davids Mutter, »ich hole es.«

Wenig später kam Davids Mutter mit ihrem Tuch an die Tür. Es war rosa und hatte einen roten Rand. Aber es war viel kleiner als Zohras Tuch. Aus der Nähe sah es ganz anders aus.

»Ist es das?«, fragte Davids Mutter.

»Nein«, sagte Emma.

»Na, da bin ich aber froh«, sagte Davids Mutter.

»Mein Tuch ist größer und hat arabische Schriftzeichen«, sagte Zohra.

»Ich wünsche euch viel Glück bei der Suche«, sagte
Davids Mutter.

»Danke«, sagte Zohra.

»Wir müssen den Erpresser finden«, sagte Anna, als
sie die Treppe der Kastanienallee hochliefen.

»Ja«, sagte Sophie.

»Und zwar morgen«, sagte Emma.

»Das ist die letzte Chance. Am Samstag ist die Hochzeit«, sagte Zohra.

»Bis spätestens Freitag haben wir es. Versprochen!«,
sagte Anna.

»Glaube ich auch«, sagte Sophie.

»Hoffentlich«, sagte Zohra nachdenklich.

Dem Täter auf der Spur

»Nun iss doch was, Zohra«, sagte Frau Rahman am nächsten Morgen beim Frühstück.

»Ich bin satt«, sagte Zohra, sprang auf und packte ihre Schulsachen zusammen. Als sie gerade aus der Wohnung gehen wollte, kamen Sami und Ari im Schlafanzug aus Zohras Zimmer.

»Wir suchen heute die Frau«, flüsterte Sami.

»Danke«, sagte Zohra, lief die Treppe runter und war die Erste vor der Haustür. Wenige Minuten später kamen Sophie und Emma.

»Die einzige Spur, die wir noch haben, ist die Frau, von der die Zwillinge erzählt haben«, sagte Zohra aufgeregt.

»Und der Erpresser«, ergänzte Emma.

»Stimmt«, sagte Sophie.

»Aber wie wollen wir den finden?«, überlegte Emma.

»Keine Ahnung«, sagte Zohra.

»Trara!«, rief Anna, als sie endlich auch aus dem Haus kam.

»Wieso bist du so spät?«, fragte Zohra.

»Ich muss euch was zeigen«, sagte Anna. Sie öffnete ihren Schulranzen und zog einen Stapel zerschnittene Zeitungen raus.

»Was ist das denn?«, fragte Emma.

»Stehst du auf der Leitung?«, lachte Anna.

»Nee, auf der Straße«, sagte Emma.

»Boah, die Zwillinge!«, rief Sophie.

»Bingo«, sagte Anna und erzählte ihren Freundinnen, was passiert war.

Beim Abendessen hatte Anna ein komisches Gefühl gehabt. Die Zwillinge hatten Anna nicht geärgert und hatten keine blöden Sprüche geklopft. Im Gegenteil, sie waren sogar freundlich gewesen. »Auffällig freundlich«, erklärte Anna. Das hatte Anna stutzig gemacht. Also hatte sie entschieden, wach zu bleiben. In der Nacht, als alle schliefen, hatte sie sich mit ihrer Taschenlampe ins Wohnzimmer geschlichen und die riesigen Stapel an Zeitungen durchsucht, die sich neben dem Sessel ihres Vaters auftürmten. Und siehe da, es dauerte nicht lange, da hatte sie einen Packen zerschnittener Zeitungen gefunden.

»Das glaube ich nicht«, sagte Zohra.

»Die sind so blöd«, sagte Anna.

»Das kann man wohl sagen«, sagte Sophie.

»Und jetzt?«, fragte Emma.

»Jetzt stellen wir alle drei zur Rede«, sagte Anna.

»In der großen Pause«, sagte Zohra.

»Genau«, sagte Anna.

Endlich hatten sie eine Spur. Vielleicht bekamen sie nun raus, wer das Tuch hatte. Ohne zehn Euro zu bezahlen!

Als es zur Pause klingelte, rannten die Mädchen die Treppe runter. Anna hatte die Tüte mit den Zeitungsausschnitten dabei. Sie stellten Max, Moritz und Alex zur Rede.

»Was haben wir mit eurem Erpresser zu tun?«, zischte Max.

»Das würden wir gerne von euch wissen«, sagte Anna.

»Lasst uns in Frieden«, sagte Moritz.

»Erst wenn ihr die Wahrheit gesagt habt«, sagte Zohra.

»Wir haben nichts damit zu tun«, behauptete Alex.

Währenddessen zog Anna langsam den Stapel Zeitungen aus einer Tüte. »Und was ist das?«

»Keine Ahnung«, sagte Alex.

»Komisch«, sagte Anna, »hier fehlen genau die Worte, die in dem Erpresserbrief standen.«

Max und Moritz wurden knallrot. Das passierte immer, wenn sie erwischt wurden.

»Ach«, sagte Sophie und zeigte auf die Zwillinge.

»Zwei Leuchtbojen«, grinste Anna.

»Zwei Erpresserbojen«, ergänzte Zohra.

»Und nun raus mit der Sprache oder wir besprechen es heute beim Mittagessen mit Mama!«, drohte Anna.

Das war zu viel. Max und Moritz gestanden, dass sie Alex »nur ein bisschen geholfen hatten«.

»Wobei?«, fragte Anna.

»Geld für ein neues Spiel verdienen«, sagte Alex leise.

»Und was weißt du?«, fragte Zohra.

»Nix«, sagte Alex.

»Raus mit der Sprache oder wir gehen zu Herrn Zahn!«, drohte Anna.

»Das ist Erpressung«, sagte Alex.

»Das sagt der Richtige«, grinste Sophie.

Alex gestand. Er erzählte den Mädchen, was er gehört hatte. Rosa-Lotta hatte damit geprahlt, dass sie Zohras Tuch hinter dem Spint in der Turnhalle versteckt hatte. So fügte sich nun alles zueinander. Anna hatte recht gehabt. Rosa-Lotta hatte das Tuch zwar nicht gestohlen, aber sie hatte es versteckt. Die blöde Kuh.

»Und ist es noch in der Turnhalle?«, fragte Zohra.

»Nee, wir wollten es holen«, gestand Alex.

»Es war nicht mehr da«, sagten Max und Moritz gleichzeitig.

»Also können wir wieder von vorne anfangen«, stöhnte Sophie.

»Vielleicht ist es jetzt in der Fundgrube«, überlegte Zohra.

»Am Montag haben sie alles aus der Fundgrube in die Kleiderkammer gebracht«, erzählte Max.

»Also haben die Jungs recht gehabt«, sagte Zohra.

»Welche Jungs?«, fragten Max und Moritz.

»Geht euch nichts an«, sagte Emma. In diesem Moment klingelte es zum Pausenende.

Jetzt passte alles zusammen: Rosa-Lotta hatte das Tuch versteckt. Jemand hatte es gefunden und in die

Fundgrube gebracht, nachdem die Mädchen dort nachgeschaut hatten. Am Montag war dann alles aus der Fundgrube in die Kleiderkammer gegeben worden. Und dort hatten Sami und Arie die Frau beobachtet, die sich das Tuch ausgesucht hatte.

»Immerhin wissen wir jetzt, wer das Tuch genommen hat«, sagte Sophie.

»Wie ich gesagt habe: Rosa-Lotta«, zischte Anna.

»Sie hat es nur leider nicht mehr«, sagte Emma.

»Unsere letzte Chance sind Sami und Arie«, sagte Zohra.

Als die Mädchen von der Schule nach Hause kamen, fingen Sami und Arie sie im Hausflur ab. Sie hatten die Frau mit dem Tuch auf dem Markt gesehen! Zohra übersetzte alles für ihre Freundinnen. Die Frau saß zwei Straßen weiter auf dem Markt und verkaufte Tücher. Aber Sami und Arie hatten sie nicht fragen können, wer sie war und woher sie das Tuch hatte, da sie nicht ihre Sprache sprachen. Kurz entschlossen versteckten die Mädchen ihre Schulranzen unter der Treppe und rannten die Kastanienallee runter zur Marktstraße.

Noch immer Unordnung

»Ich verstehe es nicht, ich verstehe es nicht, ich verstehe es nicht«, rief Papay laut in den Garten. Sie saß auf der Bank vor ihrem Haus und wunderte sich.

»Was denn?«, rief Eulalia aus ihrem Nest.

»Es ist mir ein Rätsel, warum hier noch immer alles auf dem Kopf steht. Zohra müsste längst ihr Tuch wiedergefunden haben«, sagte Papay.

»Das frage ich mich auch«, antwortete Eulalia und ließ sich aus dem Baum fallen. Das machte sie gerne. Besonders, wenn sie damit Papay erschrecken konnte.

»Und wie können wir das herausfinden?«, fragte Papay.

»Hinfliegen«, sagte Eulalia.

»Mitten am Tag?«, fragte Papay.

»Klar«, sagte Eulalia.

»Gute Idee«, entschied Papay.

Papay versteckte noch schnell den Schokoladenkuchen im Schuhschrank, gab Trudel einen dicken Kuss auf die Stirn und sagte ihr, wie schön sie sei. Dann machte sie sich mit Eulalia auf den Weg in die Kastanienallee. Als sie über das Haus von Zohra, Emma, Sophie und Anna Richtung Park flogen, rief Eulalia laut: »Da ist es!«

»Was?«, fragte Papay, so laut es ging.

»Zohras Tuch!«, jubelte Eulalia.

»Bist du dir sicher?«, schrie Papay.

»Ja«, quäkte Eulalia. »Landung, sofort Landung!«

»Gemach, gemach. Merk dir, wo du das Tuch gesehen hast, wir landen im Park«, rief Papay.

Wenig später gingen Papay und Eulalia über den Markt. Sie taten so, als sei das nicht ungewöhnlich, aber die Menschen auf dem Markt waren doch etwas erstaunt. So eine Frau mit einem Vogel auf der Schulter hatten sie noch nie gesehen. Papay tat so, als würde sie das nicht merken, und spazierte erhobenen Hauptes weiter.

»Vorne rechts«, quäkte Eulalia.

»Wird gemacht«, grinste Papay.

Dann sah sie es auch schon. Direkt vor ihnen war ein Marktstand mit vielen bunten Tüchern. Hinter einem langen Tisch saß eine Frau.

»Das ist die Frau mit dem Tuch«, sagte Eulalia.

»Aber sie trägt kein Tuch«, sagte Papay.

»Aber sie hat es getragen! Ich weiß es genau!«, empörte sich Eulalia.

»Haben Sie eben ein rosa Tuch mit roten arabischen Schriftzeichen getragen?«, fragte Papay.

»Ja«, sagte die Frau. »Ich habe es vor einigen Tagen in der Kleiderkammer gefunden. Seitdem ich es getragen habe, hatte ich nur Glück.«

Dann begann die Frau zu erzählen. Ihre Familie war aus Syrien geflüchtet. Sie hatte drei kleine Kinder. Ihr Mann war krank und konnte nicht arbeiten. Also musste sie das Geld für die ganze Familie verdienen. Sie nähte und bestickte gemeinsam mit ihrer Schwiegermutter Stoffe. Dann verkaufte sie sie auf dem Markt.

»Das ist ein schweres Geschäft«, sagte die Frau. »Aber seitdem ich das Tuch getragen habe, ging alles viel einfacher. Plötzlich habe ich alle meine Stoffe und Tücher verkauft.«

»Wie schön«, sagte Papay.

»Ich weiß gar nicht, warum ich Ihnen das alles erzähle«, sagte die Frau und lachte verlegen.

»Und wo ist das Tuch jetzt?«, fragte Papay.

»Oh«, sagte die Frau, »ich habe es gerade verschenkt.«

»An wen?«, fragte Papay.

»Das weiß ich nicht«, sagte die Frau. »Es war ein Mann mit vielen Kindern, der ein Geschenk für seine kranke Frau suchte. Ich denke, das Tuch wird der Familie Glück bringen.«

»Das ist nicht in Ordnung«, schimpfte Eulalia.

»Was sagen Sie?«, fragte die Frau.

»Ach nichts«, sagte Papay und lächelte, während sie zusah, wie die Frau zwei weitere Tücher verkaufte.

Und jetzt?

Genau in diesem Moment kamen Zohra, Emma, Anna, Sophie und Herr November an den Marktstand. Eulalia sprang voller Freude auf den Rücken von Herrn November, der zur Begrüßung laut kläffte.

»Papay!«, rief Zohra aufgeregt.

Papay legte den Finger auf den Mund und flüsterte: »Pssst.«

»Kennen Sie sich?«, fragte die Frau.

»Oh, wir haben uns schon mal gesehen«, antwortete Papay, verabschiedete sich von der Frau und sagte zu den Mädchen: »Kommt, wir gehen in den Park.«

Im Park setzten sie sich auf eine Bank, auf der man sie nicht sehen konnte. Herr November raste derweil mit Eulalia um die Wette über die Wiese. Kakapos sind schnell, aber Herr November war noch schneller.

»Gemeinheit«, sagte Eulalia beleidigt, »aber dafür kann ich besser klettern.«

Papay erzählte den Mädchen die Geschichte der Frau,

die Zohras Tuch hatte. Dass sie fast nie etwas verkauft hatte. Erst seitdem sie das rosa Tuch in der Kleiderkammer gefunden hatte, war das Geschäft gut gelaufen.

»Das Tuch bringt Glück«, sagte Zohra.

»Ja, das stimmt«, sagte Papay. Sie erzählte weiter, dass die Frau das Tuch einem Mann geschenkt hatte, der es seiner kranken Frau geben wollte.

»Die gute Nachricht ist, dass es der Frau helfen wird. Die schlechte Nachricht ist, dass wir das Tuch noch immer nicht zurückhaben«, sagte Papay.

»Wir müssen den Mann finden«, sagte Zohra.

»Aber wie?«, fragte Emma.

»Und wo?«, überlegte Sophie.

»Wusste die Frau, wo der Mann wohnt?«, fragte Anna.

»Nein«, sagte Papay.

»Das war die letzte Chance«, sagte Zohra traurig.

»Es sieht so aus«, sagte Emma.

»Es tut mir leid«, sagte Anna.

»Mir auch«, sagte Sophie.

»Es wird sich eine Lösung finden. Es gibt für alles immer eine Lösung«, sagte Papay.

Dann holte sie ihre goldenen Pantoffeln aus der Tasche, schlüpfte hinein und malte ihr Zauberzeichen in die Luft.

»Wir sehen uns bald wieder«, rief sie den Mädchen zu, während sie sich langsam in die Luft erhob.

Emma, Sophie und Anna winkten Papay und Eulalia noch lange hinterher, während Zohra betrübt in den Himmel schaute.

»Morgen werde ich es meiner Mutter sagen«, seufzte Zohra.

»Wirklich?«, fragte Anna.

»Soll ich mitkommen?«, fragte Emma.

»Vielleicht«, sagte Zohra.

Zohra war traurig. Unendlich traurig. Wie sollte sie in der großen Stadt einen Mann finden, dessen Namen sie nicht kannte? Sie musste ihren Eltern die Wahrheit sagen. Ihre Eltern würden sehr traurig sein. Zu Recht, das Tuch war ihr wichtigstes Geburtsgeschenk. Es war ein Segen und ein Glücksbringer für das ganze Leben. Nicht nur für acht Jahre!

Nanas Überraschung

Nachdem sie endlich voller Sorgen eingeschlafen war, träumte Zohra von einer afghanischen Hochzeit. Ihre Eltern waren traurig darüber, dass Zohra das Tuch verloren hatte, und die Hochzeitsgäste vermieden es, mit Zohra zu sprechen.

»Hast du gesehen, sie hat das Tuch verloren, das ihre Großmutter ihr zur Geburt geschenkt hat«, rief eine in Schwarz gekleidete Frau durch den ganzen Raum und zeigte dabei auf Zohra.

Zohra liefen die Tränen über die Wangen. Da stand plötzlich Papay vor ihr. Eulalia saß auf ihrer Schulter.

»Was Sie sagen, ist nicht in Ordnung, Sie alter Truthahn!«, rief Eulalia der Dame in Schwarz zu.

Die konnte Eulalia zum Glück nicht verstehen.

»Papay!«, rief Zohra.

»Das ist kein schöner Traum! Komm schnell mit, wir haben eine Reise vor uns«, sagte Papay.

Dann schüttelte sie eine gläserne Kugel aus ihrem Schal. Zohra stieg ein und sie flogen in die Kastanienallee. Dort holten sie Emma, Sophie und Anna und Herrn November aus ihren Träumen ab.

Wenig später flogen sie alle gemeinsam über die Stadt. Die Lichter der Kastanienallee leuchteten unter ihnen. Bald waren sie so weit oben, dass sie nichts mehr sahen. Es war eine tiefe, dunkle Nacht. Die Mädchen winkten sich aus ihren Kugeln zu und Herr November kläffte von Zeit zu Zeit.

Es dauerte ein wenig, bis sie in Jalalabad landeten. Auch hier war es schon Nacht, aber trotzdem waren noch Menschen und Tiere auf der Straße. Die Mädchen waren ganz still, als sie aus ihren Kugeln stiegen. Alles war so anders. Die Luft war warm und mild und ein bisschen klebrig. Und es roch so gut, ganz süß. Als eine Rikscha an ihnen vorbeifuhr, rief Zohra aufgeregt: »Können wir auch Rikscha fahren?«

»Klar«, sagte Papay und hielt gleich die nächste Rikscha an.

Eulalia setzte sich neben den Fahrer und Papay, die Mädchen und Herr November quetschten sich auf die Bänke der Rikscha.

»Das ist die schönste Nacht in meinem Leben«, sagte Zohra, während sie durch die Straßen fuhren.

»Oh warte ab, du wirst noch viele schöne Nächte und Tage erleben«, lachte Papay.

»Aber das habe ich mir schon immer gewünscht«, sagte Zohra.

»Oh ja, Träume können manchmal wahr werden«, murmelte Papay in sich hinein.

Dann wurden sie alle ganz ruhig und schauten auf die vorüberrauschenden Straßen und Plätze.

»Was für eine Unordnung hier«, schimpfte Eulalia, als sie durch die Straßen fuhren. Durch den Krieg waren viele Häuser zerstört. Aber es gab auch Schönes zu sehen. Und Zohra konnte eine Menge erzählen, denn sie erinnerte sich an die Geschichten von ihrem Vater. Sie erkannte alles wieder.

Endlich hielt die Rikscha vor dem Haus der Großmutter. Die Mädchen waren vollkommen aus dem Häuschen. So etwas Tolles hatten sie noch nie erlebt.

»Wir wollen auch eine Rikscha in der Kastanienallee haben«, lachte Anna.

»Das wäre cool«, sagte Emma.

»Oh ja«, sagte Sophie.

Herr November blieb einfach in der Rikscha sitzen, ihm schien es gut zu gefallen.

In diesem Moment ging die Haustür der Großmutter auf. »Ich habe euch schon gehört.«

»Nana!«, rief Zohra und fiel ihrer Großmutter in die Arme.

Nachdem sich alle begrüßt hatten, sagte Nana: »Wie schön, dass ich deine Freundinnen kennenlerne. Nun kommt aber rein. Ich habe Kekse für euch gebacken.«

»Köstlich, köstlich, oberköstlich«, trällerte Papay.

Sie setzten sich in Nanas Küche. Emma, Sophie, Anna und Eulalia schauten sich um.

»Es sieht ein bisschen aus wie bei Ali«, sagte Sophie.

»Stimmt«, sagte Anna.

»Sehr ordentlich«, lobte Eulalia.

Dann kam die Großmutter mit einem Kakao und mit ihren Keksen, schaute Zohra an und sagte: »Ich habe eine Überraschung für dich.«

Zohra lächelte verlegen.

»Vielleicht deine leckeren Kekse?«, fragte Anna.

»Oder ein Andenken aus Afghanistan?«, riet Emma.

»Das ist schon näher dran«, sagte Nana.

»Eine Kette!«, rief Sophie.

»Oh nein, ganz kalt«, lachte Nana.

Zohra hörte ganz still zu. Sie war neugierig, aber vor allen Dingen war sie glücklich, mit ihren besten Freundinnen und Papay bei ihrer Großmutter zu sein.

»Und was rätst du?«, fragte Papay Zohra.

Zohra grinste. »Ich weiß nicht.«

»Na, dann werde ich es wohl mal hervorzaubern«, sagte Nana.

Die Großmutter blieb sitzen und schloss die Augen. Es wurde ganz still. Mucksmäuschenstill. Und dann zog Nana ganz langsam einen kleinen Karton hinter ihrem Kissen hervor und gab ihn Zohra.

»Was ist das?«, fragte Zohra.

»Pack es aus«, sagte die Großmutter.

Zohra öffnete den Karton ganz langsam und vorsichtig.

»Los, beeil dich«, sagte Anna.

»Ich platze vor Neugierde«, sagte Sophie.

Zohra schaute in den Karton, klappte ihn wieder zu,
schaute ihre Großmutter an und sagte: »Ooooohhh!«

»Was ist es?«, rief Emma aufgeregt.

Aber Zohra war ganz still. Sie sah ihre Großmutter

an, dann schaute sie ihre Freundinnen an, öffnete noch einmal den Karton, guckte hinein, klappte ihn schnell wieder zu und sagte: »Boaaaahhh!«

»Du machst uns ganz schön neugierig«, sagte Papay.

»Los, sag was es ist«, quäkte Eulalia.

In der Sekunde sprang Zohra auf, umarmte ihre Großmutter und sagte: »Danke.«

»Du weißt doch noch gar nicht, was es ist«, lachte Nana.

»Dooooooch!«, schrie Zohra vor lauter Glück.

»Los, zeig, was es ist«, rief Anna.

Zohra grinste wie ein Honigkuchenpferd, als sie den Karton nahm, ihn langsam öffnete und ein wunderschönes rosafarbenes Tuch mit roter Stickerei herauszog.

»Dein Tuch!«, rief Anna.

»Da ist es ja«, sagte Sophie.

»Cool«, sagte Emma.

»Das ist schön«, sagte Eulalia.

»Das ist genialperfektsupertraumhaftwunderschön!«, sagte Papay.

»Es ist genau wie mein Tuch«, sagte Zohra.

»Es ist dein Tuch«, sagte Nana. »Ich hatte noch ein wenig von dem Stoff.«

»Und die Wünsche?«, fragte Zohra leise, während sie die Stickerei am Rand des Tuches las.

»Die trage ich immer in meinem Herzen. Und jetzt habe ich sie noch einmal aufgestickt«, sagte Nana.

Zohra wusste nicht, was sie sagen sollte. Sie platzte fast vor Freude. Sie band sich das Tuch um den Kopf und lächelte. Sie hörte gar nicht auf zu lächeln.

»Ich habe noch ein kleines Geschenk«, sagte Nana. Sie schaute langsam in die Runde, bis ihr Blick bei Eulalia stehen blieb. »Für dich, Eulalia.«

Eulalia schaute verlegen auf den Boden.

»Soll ich es für dich auspacken?«, fragte Papay.

»Bitte schön«, sagte Eulalia.

Papay holte zwei wunderschöne rosa Bänder mit roter Stickerei aus der Papiertüte.

»Was ist das?«, fragte Eulalia.

»Das sind zwei Bänder, mit denen du dein Nest festbinden kannst, damit es nie wieder auf dem Kopf steht, wenn mal alles durcheinandergerät«, sagte Nana.

Eulalia hüpfte von ihrem Platz und machte einen

Freudentanz. Dabei sang sie immer wieder: »Das erste Geschenk in meinem Leben, juchhu, juchhu, juchhu!«

Nachdem Eulalia sich beruhigt hatte, band Papay ihr eines der Bänder um den Hals.

»Und was steht da?«, fragte Eulalia.

»Ordnung ist ein Gesetz des Himmels«, sagte Nana.

»Das ist perfekt!«, jubelte Eulalia.

Dann spielten, redeten, aßen sie und Nana erzählte Geschichten. So lange, bis Papay irgendwann sagte: »Es wird Zeit. Wir müssen zurück.«

»Oh«, bettelte Eulalia, »noch ein bisschen!«

»Wir kommen bald wieder«, versprach Papay.

»Wie schön, dann müssen wir beim Abschied nicht traurig sein«, sagte Nana und umarmte Zohra.

»Danke«, sagte Zohra.

Und auch Emma, Sophie und Anna bedankten sich.

Herr November bekam zum Abschied noch den letzten Keks.

Die Mädchen stiegen in ihre Kugeln, Eulalia kletterte auf Papays Schulter und Papay malte ihr Zauberzeichen in die Luft. Als sie alle in ihren Kugeln saßen
und losflogen, winkten sie Nana zu, bis sie sie nicht
mehr sahen. Nana stand noch lange vor ihrem Haus
und schaute in den Himmel. Heute Nacht war sie die
glücklichste Großmutter auf der ganzen Welt.

Alles in Ordnung

»Morgen ist die Hochzeit. Soll ich dein Tuch noch waschen?«, fragte Frau Rahman, als Zohra am Morgen in die Küche kam.

Zohra dachte nach.

»Guten Morgen, Zohra, hast du mich gehört?«, fragte Frau Rahman.

»Guten Morgen«, sagte Zohra und fügte nachdenklich hinzu: »Moment.« Sie lief in das Zimmer von Nesrin und Ellaha und schaute sich um.

»Was suchst du?«, fragte Ellaha.

»Nichts«, sagte Zohra.

»Falls du dein Tuch suchst, es liegt in meinem Bett«, sagte Nesrin.

»Du solltest so etwas Wertvolles nicht mit ins Bett nehmen«, klugmeierte Ellaha.

Zohra riss die Bettdecke hoch. Und tatsächlich, da lag es, vollkommen zerknittert und wunderschön: Zohras Tuch. Zohra strahlte und überreichte es ihrer Mutter mit den Worten: »Es ist ganz frisch!«

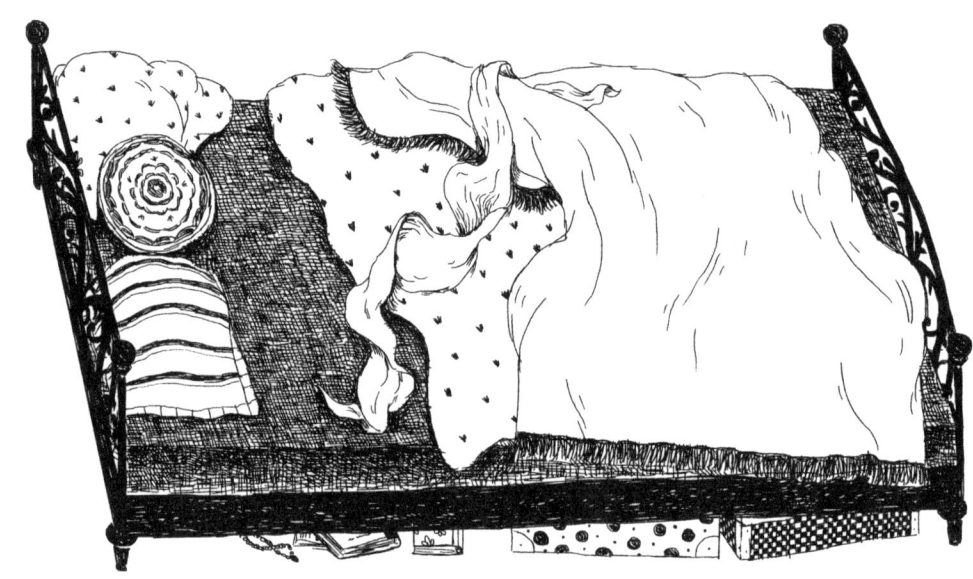

»Sieht nicht so aus«, sagte die Mutter, drehte und wendete das Tuch und fügte hinzu: »Ich werde es bügeln.«

In diesem Moment fielen Zohra dicke Steine vom Herzen. Der Traum war wahr, sie waren wirklich in Jalalabad gewesen und Nana hatte ihr ein neues Tuch geschenkt. Und ihre Mutter hatte nichts gemerkt. Zohra grinste glücklich, während sie an ihre Reise in der vergangenen Nacht dachte.

»Warum lachst du so?«, fragte Nesrin.

»Nur so«, sagte Zohra.

»Das Tuch ist sehr schön«, sagte Frau Jalal.

»Ja, Abduls Mutter hat es Zohra zur Geburt geschenkt«, sagte Frau Rahman lächelnd.

»Ich kann es gleich bügeln«, bot Frau Jalal an.

»Du bist doch mit der alten Frau Cornelius verabredet«, sagte Frau Rahman.

»Erst um zehn Uhr«, sagte Frau Jalal.

Sie war inzwischen jeden Vormittag bei Emmas Großmutter und half ihr im Haushalt. Am Nachmittag gab die alte Frau Cornelius der Familie Jalal Deutschunterricht.

»Wer hätte das gedacht«, hatte Emmas Mutter gesagt, als die alte Frau Cornelius ihr erklärte, dass sie zukünftig nur noch wenig Zeit haben würde.

Zohra schnappte sich ihren Schulranzen und rannte gemeinsam mit Emma, die auch gerade aus der Tür kam, die Treppen runter vor die Haustür. Anna und Sophie warteten schon.

»Und?«, fragte Zohra, als sie unten ankamen.

»Supercool«, sagte Emma.

»Hast du das Tuch mitgenommen?«, fragte Anna.

»Klar«, grinste Zohra. »Es lag in meinem Bett.«

»Krass«, gluckste Sophie.

»Dann ist ja alles klahahar«, trällerte Emma.

»Der Fall ist gelöst!«, jubelte Anna.

»Ja«, sagte Zohra strahlend.

»Gebt mir 5«, rief Anna und die vier Mädchen klatschten sich fröhlich ab.

Am Samstag war die Hochzeit der afghanischen Freunde der Familie Rahman.

Zohra sah wunderschön aus in ihrem langen, roten Kleid und dem rosa Tuch.

»Woher hast du das Tuch?«, fragte Sami auf dem Weg zum Fest.

»Wiederbekommen«, antwortete Zohra.

»Hast du die Frau gefunden?«, fragte Arie.

»Ja«, sagte Zohra strahlend. »Danke.«

Dann kam ihr Vater zu ihr, nahm Zohra in den Arm und flüsterte ihr ins Ohr: »Wenn deine Großmutter dich so sehen könnte, wäre sie sehr stolz auf dich.«

Zohra biss sich auf die Lippen.

Die Familie Jalal feierte auch mit. Später am Abend forderten Sami und Arie Nesrin, Ellaha und Zohra zum Tanzen auf. Gemeinsam mit den anderen Kindern tanzten sie Attan, einen afghanischen Tanz, lachten und hatten viel Spaß.

Eigentlich sind die Zwillinge ganz nett, dachte Zohra, als sie spät in der Nacht ins Bett ging. Außerdem war es ein schönes Fest. Viel, viel schöner, als Zohra gedacht hatte.

Das liegt nur an dem Tuch, überlegte Zohra. *Es bringt eben Glück.*

»Danke, Nana«, flüsterte Zohra leise in die Nacht.

Papay und Eulalia saßen derweil auf der Bank vor der Villa Papilla. Plötzlich jubelte Eulalia vor Freude.

»Was ist denn mit dir los?«, rief Papay.

Aber im gleichen Moment sah sie es selber. Papays Bett stand nicht mehr kopfüber auf der Wiese, die Socken hingen nicht mehr wie Obst in den Bäumen, die Spaghetti lagen ordentlich sortiert unter der Wäscheleine im Wäschekorb und die Leiter hing auf ihrem Haken vor dem Schuppen. Trudel lag rund und glücklich auf der Wiese. Der kluge Kater Konrad schnurrte auf seinem Lieblingssessel vor dem Kamin. Glücklich, dass der Sessel nicht mehr kopfüber in der Badewanne stand. Und noch glücklicher, dass er die Schokoladentorte auf dem Weg in die Küche abfangen konnte.

Eulalia hüpfte derweil durch den Garten und rief lauthals: »Erich, es ist alles in Ordnung.«

Papay schaute sich um und sagte zufrieden: »Es ist alles picobellosupergenialtippitoppi ordentlich.«

Andrea Jacobi
Kastanienallee 8
Sophie und Herr November
(Bd. 2)

128 Seiten
Hardcover
ISBN 978-3-7641-5088-4

Auch als E-Book
erhältlich!

Ein tierischer Freund für Sophie

Sophie wünscht sich einen Hund. Sehnlichst! Dann wäre sie endlich nicht mehr so allein – sie ist ja die Einzige in der Kastanienallee 8, die keine Geschwister hat. Eines Tages läuft ihr Herr November zu: der netteste, liebste, lustigste Mischling, den man sich vorstellen kann. Nur ist Sophies Mutter absolut gegen ein Haustier. Ob Sophie sie umstimmen kann? In der Nacht kommt Papay zu Besuch. Gemeinsam mit der alten Dame sucht Sophie nach einer ganz ungewöhnlichen Lösung ...

www.ueberreuter.de
www.facebook.com/UeberreuterBerlin